まぬけなこよみ

津村記久子

朝日文庫

本書は二〇一七年四月、平凡社より刊行されたものを再構成し、加筆・修正しました。

初出：「ウェブ平凡」二〇一二年九月二十四日〜二〇一五年九月十八日連載
（「お鍋の幸福」「藤棚に入る」は単行本書き下ろし）

もくじ

本文イラスト　木下晋也

まぬけなこよみ

＊各エッセイの冒頭に「季節のことば」としてテーマとなっている事象を掲載しています。

＊各エッセイの文末の二十四節気《にじゅうしせっき》、七十二候《しちじゅうにこう》の日付は目安です。

◇新年

初詣はめでたくつめたい

季節のことば：初詣《はつもうで》

もう何年になるのか数えるのはやめたけれども、だいぶ長い間、中学の同級生のYちゃんと初詣に行っている。毎年違う寺社に行く。行く場所は交替で決める。わたしはだいたい、なんとなく名前を知っているけどまだ訪ねたことがなかったり、近場だったりする寺社を提案するのだが、たまに風水などを気にするYちゃん（常には気にしていないところがポイント）は、良い方角などを調べたうえで、それまで知らなかった寺社を提案したりしてくれる。おかげでわたしは、奈良の桜井にある大神《おおみわ》神社や、京都の宇治にある三室戸寺《みむろとじ》など、一人では行きそうにない場所を訪ねることができた。大神神社は、奈良じゅうの人がやってきているのではないかというほど人が押しかけ、神社がある三輪山《みわやま》のふもとの町全体が初詣の行列で埋め尽くされてわけがわからないところと、三室戸寺は、宇賀神《うがじん》様というおじいさんの顔をしたへびの神様がどうにも魅力的なのでおすすめである。

この十数年こそ、元日の初詣はつべこべ言わずに行くものとして出かけているけれども、家族にそのならわしがなかったので、わたしは社会人になるまでちゃんと初詣に行ったことがなかった。中学までは、おせちを食べながら家族とテレビを観て過ごしたり、近所の親戚にあいさつに行ったり、友達と地元で遊んだりしていて、高校から大学にかけては、お正月から鉄道関係のアルバイトをしていた。なので長い間、初詣について真剣に考える機会がなかったのだった。特に、高校から大学の頃は、神社の近くでアルバイトをしていたというのに一度もお詣《まい》りに出かけず、詣でてどうすんの何かしてくれんのぐらいのアナーキーな若者ぶりだった。ちなみに今は、何かにつけ「すみませんでした」と言う大人である。

Yちゃんとわたしの中学以来の再会には、年賀状が深く関わっている。大学二年の冬休み、年賀状を出しに行った地元の郵便局のポストの前でわたしとYちゃんは鉢合わせしたのだった。

「誰と成人式に行こうか悩んでいたのだが、一緒に行こう」という話をして我々は別れ、その後ずっと付き合ってもらっている。Yちゃんとその時に会わなければ、わたしは今も初詣には興味のない人間だったかもしれない。

十数年の間、さまざまな寺社を訪ねたけれども、それぞれに個性的であった。前述の大神神社や三室戸寺のほか、「南西がいいらしい」というだけのYちゃんの指令に従って行った廣田《ひろた》神社の気楽さ、何も知らずにテントの中の畳のあるところで焼き鳥を食べてしまい、予想以上の席代を請求されておろおろした住吉《すみよし》大社、離婚されてしまったが、いっとき話題になった藤原紀香さんと陣内智則さんの結婚式の次の年の元日に生田《いくた》神社に行って、意外と動きやすくお詣りが早くすんだのでそのまま湊川《みなとがわ》神社に移動して、そちらでは二十秒に一メートル進めるか進めないかという人の渋滞に巻き込まれたことなど、初詣は毎年なんらかの発見がある。

初詣が終わると、元日もほとんどが過ぎて、いきなり現実に戻る感じがするので、帰り道はけっこう物悲しかったりする。三が日、とはいうけれども、四日から会社が始まるようなことがある年には、一月二日なんていつもの土曜日と変わらない。出社前日の三日の悲嘆は、わざわざ記すまでもないだろう。四日に会社から帰ってきて、テレビで「正月番組」という体裁のものが放送されていたりすると、静かな怒りすら覚える。なのでわたしにとっては、初詣が終わるまでが年末年始の楽しい時で、元日の夜にはすでにがっかりしている。たまに、初詣の時点ですでに、もう正月休みも終盤だという気分になっている時があるので、本当の意味でめでたく新年だなと思えるのは、年が明けてすぐの時間だけということになるのだろう。

毎年、その冬いちばんの寒さを感じるのも、初詣へと出かける道すがらのことだと思い出す。そして元日の朝の光はいっそう眩《まぶ》しく、前の年の澱《おり》でにごってふやけた頭の中を消毒するように鋭い。待ち合わせの場所に急ぎながら、わたしはいつも、何かが自分の中で半減した感触を覚える。それがいいことなのかつらいことなのかわからないけれども、新しい一年はいつも、ひんやりと冷たく、明るい。

❖一月一日ごろの二十四節気《にじゅうしせっき》＝冬至《とうじ》　七十二候《しちじゅうにこう》＝麋角解《さわしかのつのおつる》（大鹿の角が落ちる時期、の意）

季節のことば：かるた

かるたの宇宙

かるたが好きなのだった。お正月で楽しみなことといえば、お年玉をもらうこと、出店に行くことの次にかるたをやることだった。親戚で集まって遊んだり、友達と新年に初めて会う時に、よくかるたをやった。わたしは年がら年中かるたをやりたかったのだが、さすがに夏場などは提案できず、正月にかるたが解禁になるのを心待ちにしていた。

いったい人は何歳までかるたを楽しく遊ぶのが妥当なのだろうか？　たぶん、小学校高学年ぐらいから、かるたをやりたい、と言い出しにくくなったと思うのだが、四十歳が近い今、むらむらとかるたをやりたくなってきている。しかしまだ、誰にも言い出せないままだ。わたしの周りの人は、わたしと付き合ってくれるぐらいなわけで、さすがにみんな優しいため、おそるおそる打診したらやってくれると思うのだけれども、かるたは、札を読む人が一人、ゲームをする人が二人以上と最低でも三人必要だ。で、三人以上の人とかるたができるような誰かの自宅で会う、という機会がなかなかない。もう、「かるたをやりたいのですが、いついつが空いていますか？」という話から始めないといけない。子供の時のように、正月付近に顔を合わせたのでなんとなくかるた、というわけにはいかないのだ。大人は忙しい。

仕方がないので、オンラインでかるたをやってみたのだが、それなりに楽しいのだけれども、実際に畳やカーペットの上でやっていた頃ほどは盛り上がらない。パソコン上で札を探してクリックする行為は、ぎろぎろ見回してべしっと叩《たた》くという身体性には届かないような気がする。あれはスポーツなんである、などと開き直るつもりは毛頭ないのだが、床を叩くというアクションと、札を取ってやったという頭の気持ち良さが同居する、不思議な遊びがかるたただった、と改めて思い出す。

かるたというゲーム自体もおもしろいのだけれど、かるたの内容も、わたしには重要なものだった。五十通りのもの、という分量がうれしいのである。子供の手が届く範囲にあるもので、五十通りのバリエーションを持つものはなかなかない。五十着のお人形の服や、五十色のクレヨンは、そりゃ持っていたら踊り狂うほどうれしいだろうけれども、現実的な数字ではない。トランプは五十三枚あるけれども、あちらは絵札以外はシンプルだ。しかしかるた。五十通りの絵札と、それにまつわるストーリーがある。さらに言うなら、かるたにはいろいろな種類がある。ドラえもんかるたもあれば、恐竜かるたもある。同じシステムを共有しながら、世界観が違う。ドラえもんが得意な幼稚園児もいれば、恐竜が得意な小学二年生もいるだろう。かるたよ。フレキシブルな遊びよ。

いろいろなかるたを持っていたのだが、いちばん好きだったのは、五味《ごみ》太郎さんの『おみせやさんの　おつかいかるた』だ。五十音すべてに、五味さんの手によるいわゆる小売店が描かれており、町歩きの好きな人は絶対に眺めているだけで楽しい代物《しろもの》だと思う。かるたとしてだけではなく、好きなように札を並べて、商店街のようなものも作って遊んでいた。五味さんの独特のタッチと、そのお店の売り物を想起させる色遣いが、本当に素敵である。「のこぎり　ほうちょう　はものやさん」なら、黒を基調としたシャープな色、「らっきょう　ぬかみそ　つけものやさん」なら、ごはんのお供にしたいような味わい深いこげ茶の店内、「べーこん　はむ　そーせーじ　にくやさん」なら、肉の赤みのような鮮やかな赤い屋根、と眺めていてうっとりする。わたしは、かるたのシステムで遊ぶという以上に、ケーキ屋だとか本屋だとかいったお気に入りの店を手元に集めることに執心していた。

『おみせやさんの　おつかいかるた』は、弟が幼稚園でもらってきたものなのだが、あまりに好きだったので今も大事に持っている。わたしは実に三十年以上、このかるたを所持していることになるのだ。正月にかるたをすることの難しさに気付く大人になっても。この原稿を書くために眺めながら、これをもとに小説が書けないかと考えたのだが、五十の店がばらばらに展開し、ゲームを遊ぶ者の手の中で一つの世界を形作る柔軟さを再現することは不可能なように思える。一組のかるたは、おそらく一つの宇宙なのだ。

❖一月五日ごろの二十四節気＝冬至　七十二候＝雪下出麦《ゆきわたりてむぎいずる》（雪の下で麦が芽吹く時期、の意）

一月のエビスマス

季節のことば：十日戎《とおかえびす》

大阪は、観光地としておもしろい府県に囲まれていて恵まれているだけであって、大阪自体に特に見るべきところはないな、と常々思っている。住みやすいし好きだけれども、よその人に見せたいものがあまりないのだ。しかし十日戎だけは別だ。これはもう胸を張って、皆来なさい、と言えるイベントなのである。

まずもう、十日戎の期間だけ、今宮戎《いまみやえびす》神社周辺が日本でなくなる。戎様、または、戎様大黒様のコンビの顔のオブジェを中央にあしらった、極彩色のざるの飾り物が、うずたかく横へも広く吊《つ》るされた赤い屋台が立ち並ぶ様子は、中国のお祭りのような、もっと名状しがたい地域のもののような、くらくらするようなパワーを発している。「うず」とか言うけどさ、と疑う向きもあるだろうけれども、本当に、ちょっとした二階建ての民家ぐらいには背が高く、そして家三軒分ぐらいの幅の屋台に、大きなざるから小さなざる、そして七福神すべてがくっついた熊手などが、圧倒的な密度で飾られている。おかしい。人はこんなにざるの飾り物を持っているのか。ざるを持つものなのか。そんな屋台が、どこから始まってどこまで続いているのかよくわからない感じで軒を連ね、今宮戎神社を中心とするひとつの宇宙の大通りとなっている。

一向に進まないぎちぎちの行列の中で財布を気にしていると、どこからともなく「商売繁盛で笹《ささ》もってこい」という必殺フレーズが聞こえてくる。これがもう、やるぞ、という気分にさせる。何をやるのかはよくわからないのだが、たぶん「今年は儲《もう》けるぞ」という祭り全体の思想とは違った、かなり純粋な「祭りまくるぞ」という心持ちのような気がする。クリスマスにもお正月にも野外フェスにも、わたしはここまで煽《あお》られることはない。

ようやく境内に入って、まずは去年の笹を納め、動く砦《とりで》のような人の塊をかき分けて賽銭《さいせん》を投げる。ぜいぜい言いながら空いたスペースに這《は》い出て、気を取り直して笹をもらいにいく。ここからが、十日戎の真髄と言うべき、笹に吉兆（小宝）と称されるオーナメントを飾るイベントである。この吉兆飾りが本当に楽しい。境内に所狭しと陳列されている、小さくてかわいい戎様の人形が飾られたざる、熊手、知恵の輪、ぴかぴかの大判、古札で作られた一文銭、戎様のイラストが描かれた黄色い巾着、キラキラの米俵、打ち出の小槌《こづち》、鯛《たい》のオブジェなどを福娘さんたちから購入して飾る。他の人の笹もいいけれども、わたしの笹がいちばんかわいい、と密かに思いながら、吉兆を笹に吊るしてもらう。

これはもうクリスマスである。ディスイズメリーエビスマスなのだ。ただし、毎年オーナメントを使い回せるクリスマスとは違い、一年ごとに笹を納める限りは毎年更新が義務づけられる吉兆は、だいたい一個一五〇〇円する（もっと高いものもある）。なので、一年で最高の集中力を発揮して選ぶ。だいたい、キラキラ米俵、ぴかぴかの大判、金ぴかの鯛、戎様イラスト巾着、戎様人形のついた熊手とざるのどれかを飾る。身も蓋《ふた》もない我欲とファンシーのバランスを取った形になる。クリスマスツリーはしまわなければならないのだが、エビスマス笹は年中部屋に置いておける。

エビスマス笹飾りを終え、出口のところで粟《あわ》おこしなどをもらい、今年もこの一大イベントをこなした、と安心して外に出ると、やっと露店で何か食べるかという気分になる。個人的には、戎様をかたどったベビーカステラを強くおすすめする。紙袋にもどアップの戎様が描かれていて、レア物感と取っておきたい欲を激しく刺激する。この紙袋に入れて誰かにCDを貸したい気もするが、まだ実現していない。

夜に行って、電車で難波《なんば》に帰る車中から十日戎の様子を眺めるのも一興である。非日常的な露店の赤い光と、いつまでも尽きない人々の列が、特別な夜なのだとしみじみ思わせる。「商売繁盛で笹もってこい」というフレーズのトランス感もすごい。これはもう商人のレイブである。レイブに行ったことはないが、十日戎がある限り、特に行きたいとも思わないだろう。そしてここ何年か、クリスマスに対して妙に一歩引いた姿勢でいるのは、十日戎のせいに違いない。今年の吉兆は何にするのか、考えるだけで夜も眠れない。

❖一月十日ごろの二十四節気＝小寒《しょうかん》　七十二候＝芹乃栄《せりすなわちさかう》（芹が盛んに生える時期、の意）

理想の風邪

季節のことば：風邪

妙な物言いかもしれないけれども、風邪をひくのは悪くないといつも思っている。ちょっとした風邪なら、ずっとひいていたいぐらいだ。風邪をひくと、頭がぼうっとして、あまり余計なことを考えなくなる。刺激の少ない食事やビタミンC、さっさと横になること、そのお供にはテレビがいいのか、それとも雑誌がいいのか、などということぐらいで頭が満杯になり、普段から頭の中で幅を利《き》かせている無駄な心配や不安がどこかに行ってしまう。また、外で風邪を自覚した時は、家に帰って休む楽しみが何倍にもなる。仕事や遊びによる体の疲れには、ときどき目の痛みが伴ったり、興奮が長引いてなかなか眠れなかったりするのだけれど、風邪の場合は、風邪薬を飲んだのち、速やかに眠れる。すこやかと言ってもいい。風邪をひいてるんですこやかなわけはないんだが。

代表的な風邪の恩恵というと、早退である。早退は、学校であっても会社であってもいいものだ。なんだか体がだるくて、頭もぼうっとしてくるとする。小学生の時なら保健室へ行き、体温を測ってもらう。三七度をぎりぎり超えていたらしめたものだ。スキップしたい気持ちで先生のところに行き、熱があるのでうちに帰ります、と言う。会社でなら、どうしてもやらないといけない作業が残っている時などは、こんな時になんだよ！と歯噛《はが》みしながら定時まで仕事を続けるのだが、明日に回せそうな作業しか残っていなければ、大変申し訳ございませんが、と正午前に部長に相談に行く。部長は、おそらくさまざまな訝《いぶか》りを飲み込んで、「早《は》よなおせよ」とだけ言って、わたしがいつもより恐る恐る差し出す日報を受け取ってくれる。そして、昼ごはんどこで食べよかなあ、などと考えながら帰る。真昼の帰り道の日光は、妙にさんさんとしている。会社にいる時の午後は、ほとんどカタツムリの歩みのようにのろのろとしか時間が進まないのに、早退した日はびっくりするぐらい簡単に定時の午後五時半になる。なんら有意義なことができなかった、と時計を眺めながら愕然《がくぜん》とする。風邪だからそんなことできなくていいのにもかかわらず。

熱が出ても三七度までしか上がらないような、ちょっと自覚症状がある段階で薬を飲んだらすぐに消えるような「穏やかな風邪」を待ち望んでいるのだと思う。が、周囲で危惧《きぐ》されるのは胃腸風邪だとかインフルエンザだ（この文を書いた時期にはそうだった）。猛威としか言いようのないものだ。どちらも、二年に一度は患っているので、つらさは知っている。「しんどい……」と本当に口に出して言ったり、足元がふらついて、自宅の階段で上から下まで転がり落ちたりする。余談だが、階段から落ちた数年前のインフルエンザの経験により、わたしはどこでもとても慎重に階段を降りるようになった。もはや、絶対に胃腸風邪やインフルエンザになりたくないので、うがい手洗いは欠かさない。そのせいか、「穏やかな風邪」もあまりひかなくなった。いや、常にだるかったりぼうっとしていたりと、よく風邪気味の状態にはなる。しかし、体育を見学できるかできないか微妙なところの「風邪気味」と、確実に早退できる「風邪ひき」の間には、厳然たる線引きがある。あとちょっとで風邪と名乗れるのに、おしい！　という状況は、ただのしんどいけど働かないといけないだけのことなので、とても迷惑だ。わたしが欲しいのは、もっとオフィシャルな風邪なのだ。熱が三七度ぐらいで、今日はうどんを食べたらすぐに寝ます、という態度がもっとも妥当な。

帰った、帰ったよー、しんどかったよー、とぶつぶつ言いながら靴を脱ぎ、うがいと手洗いをして、コップ一杯の水を飲む。うどんは帰り道で食べた。部屋に戻るとすぐさま部屋着に着替え、部屋の電気を消して枕元のスタンドを点灯させ、肩のこらない食べ歩きの本や図鑑などをぼんやり眺める。もしくは、録《と》り置いていた推理ドラマなどを再生させ、テレビのオフタイマーをかける。そしていつの間にか寝入る。今日は風邪なので寝ます。明日ましになったら、今日の分の仕事をします。

以上、わたしの理想とする風邪の状態を書いてみた。とても単純なようでいて、その身体と精神のバランスは複雑である。狙ってその状況に持っていける器用さは自分にはないので、ただ日々妄想《もうそう》するのみだ。

❖一月十五日ごろの二十四節気＝小寒《しょうかん》　七十二候＝水泉動《しみずあたたかをふくむ》（凍った水が溶けて動き始める時期、の意）

季節のことば：骨正月《ほねしょうがつ》

骨まで正月

この原稿を書くにあたってテーマを頂戴し、初めて「骨正月」という言葉を目にしたのだった。骨と正月。なんともいえない奇妙な、不穏な取り合わせの言葉である。しかしなんとなく、正月が終わってすべてが現実に戻っていく、あのむなしさと焦燥《しょうそう》を言い当てている言葉でもあるような気がする。お正月を過ぎ、うれしさもお休みもはぎとられてしまったわたしは、まるで骨のようだわ……、冬の風が身に沁《し》みる……、二月の建国記念の日のあたりまで、骨スーツを着てお正月が終わることの喪に服したいわ、というような意味で骨正月なのだろう、わかる、わかるわ、と勝手に想像して寒々しい気持ちになっていた。

しかしだ。調べてみると、別名を「二十日正月」といい、正月用のブリを骨まで食べ尽くしてしまう時期が一月二十日のあたりだということで、骨正月というらしい。他に、棚正月、乞食正月（！）なる言葉もあるという。とにかく、正月のためのたくわえが、二十日ぐらいになるとなくなるよね、というニュアンスがあるようだ。なので、本当にもうお正月はおしまいだよ！　と言い聞かせてくるような言葉なのだが、最短で一月四日から出勤した経験がある者としては、意外と長いな正月、と思える。二十日まで正月気分でいられるなら、べつに自分の家の棚を荒らしまわることなど造作《ぞうさ》ないし、最悪乞食ということでもいい。しかも昔は二十日は物忌《ものい》みの日として仕事を休んだらしい。いいなあ。

前にも書いたが、一月一日は、初詣《はつもうで》の帰り道から現実である。今年は、初詣から帰った正月当日の夜は、新年最初の締め切りのために本を読んでいた。二日は外での仕事だった。三日も四日も、仕事用の本を読んでいた。わたしに正月はあったのだろうか。大好きな大晦日《おおみそか》は、さすがに一日仕事ではないことをして過ごしたので（部屋の掃除をし、年越しそばを食べたあと、風呂場で足湯をしながら私用のシューベルトについての本を読んでいた）、もうそれでよしとすべきなのか。こうまとめてみると、問題はわたしがすごく働いているということではなくて、わたしが年々本を読むのが遅くなっているということであるのがよくわかる。

何事にも後ろ向きなわたしは、もはや一月一日に初詣に行くために起床した瞬間から、これから正月は減っていくばかりだ、という悲しみに打ちひしがれるようになった。正月は「お正月……」と十二月二十九日あたりから覗き込んでいるのに限る、と思う。そして大晦日の二三時四五分ぐらいに、その胸の高まりは頂点を迎える。この数年は、一人で近所の小さな神社の初詣で年を越している。二〇一四年末からそうし始めたのだが、その年は苦しかったので、とにかく年が終わるっていうので少し泣いた。お詣《まい》りの後は、獅子舞《ししまい》の獅子頭に頭を嚙んでもらい、お屠蘇《とそ》を注《つ》いでもらう。こんな冬の夜中に獅子舞を出してくれたり、お酒を注いでくれる氏子《うじこ》さんたちが本当にありがたくて、もうありえないぐらいへこへこする。狭い、けれどもちょうどいい大きさの境内から見上げる夜空がきれいなのだ。

だが、骨正月という言葉について考える限りでは、そこまで正月の足の早さを嘆くこともないのかもしれないと思えてくる。正月気分をこれまでより延長できるというわけではないのだろうけれども、一月二十日にも、正月の余韻を感じていいという許しを与えられたような気がする。二十日にもなると、たぶんもう、正月じゃないこととの折り合いがついているはずなので、その時に、「これで最後よ」と正月の残り物を差し出されたら、あれ、終わったと思っていたのに、とちょっと得した気分になるんじゃないだろうか。けっこういいんじゃないのか骨正月。仕事が終わったら、お茶を淹《い》れて、お正月用に買ったおやつを、しみじみ食べながら少し休んだらどうだろう。

❖一月二十日ごろの二十四節気＝小寒《しょうかん》　七十二候＝雉始雊《きじはじめてなく》（雄のきじが鳴き始める時期、の意）

お鍋の幸福

季節のことば…鍋

自分の作るものでごちそうと大手《おおで》を振って言えるものは、なんといっても鍋だ。とにかく材料を煮炊きして、味ぽんなり胡麻《ごま》だれなり柚子《ゆず》こしょうなりをつける。本当にそれだけで、頭がぼんやりするような多幸感に包まれる。

冬には夏とは別のつらさがある。とても寒いなり、仕事がうまくいかないなりで、その日はとても機嫌が悪かったとする。何も自分を報いるものはないんだという思いで凝り固まって、食事をただの燃料補給としか思えず、ついついただ食べられるだけのものみたいな食事ですまそうとしてしまいそうな時こそ、鍋がいいと思う。手間なんてほとんどかからない。野菜を切るだけだし、あらかじめ切られた野菜だって少し割高だけど売られている。つゆの売り場に行けば、昨今は常時十種類に届くようなさまざまな鍋つゆが並んでいる。キムチ鍋も豆乳鍋もトマト鍋も博多《はかた》もつ鍋もカレー鍋も選び放題だ。お肉の値段さえ折り合えば、そんなに予算がかかることもない。家に帰る。鍋につゆなりだしなり水を入れて沸かす。沸いたら材料を投入する。もう少しだ。かくして鍋にありつく時、それ以前の不幸な気持ちは鍋の蒸気に溶けてしまったかのように雲散霧消していると言っていい。いらいらしながら、あれこれ気にしながら食事をすることは残念ながらある。しかし、怒りながら鍋を食べることというのは、めったにないんじゃないだろうか。野菜が煮えたかどうか、待ち切れずに箸で分けて確認しながら、とりあえずのところはもうどうでもよくなっている。つらくとも今は鍋だ。この時間だけは、鍋を食べている自分のものだ。

鍋は手順の簡単さもさることながら、作ることにも技術はほとんどいらない。目玉焼きやトーストでさえ焦がして失敗することはあっても、鍋はひっくり返してしまうぐらいしか失敗がないだろう。もしくは煮詰めすぎてしまうことぐらいしか。でも煮詰まった野菜だっておいしいしな。

そういうわけで、鍋には悪いところが何一つないと思う。鍋と一緒に食べると、ごはんも本当においしく感じる。特に他のものを食べたいという欲求が訪れなければ、年中食べていたって支障はないだろう。

わたしは鍋が好きなので、いろいろな鍋を食べる。豆乳鍋、キムチ鍋、豚ハリハリ鍋、もつ鍋、常夜鍋など、書いているだけで、ああ鍋が好きで自分は幸せな人間だな、と思える。鍋の種類によって、一人で食べるとか、友達とよく食べているとか、以前勤めていた会社の同僚さんと食べたとか、いろいろなシチュエーションがある。どれもこれも、鍋を食べる幸せと直結しているので、すぐにその情景と鍋の様子が思い出せる。

一人で食べる鍋は、ひたすら気楽でぼんやりする。ああ、またこの程度の額の材料でこんなに幸せになってしまった、と半分眠りつつ、鍋の残りを覗《のぞ》き込んでいる。誰かこの後食器を洗ってくれるのであれば千円払う（材料費より高い）、ということを考えながら、ずっとじっとしている。

冬場に会うことになると、いつももつ鍋に行く友達がいる。カウンターでそれぞれの仕事と生活を労《ねぎら》いながら、いろいろとうまくいかない、という話をする。二人とも難しいことをしょっちゅう抱えているのだが、それでもそれを話せる友達がいるのはとてもありがたいことだと思う。片方が落ち込みきっていたら、もう片方が励ます。目の前でもつ鍋を調理している料理人さんからしたら、本当にこいつらはいつも同じ話ばかりしてて同じことで悩んでるなあと思ってるだろう。でもわたしも友達も、なんとかやるので精いっぱいなのだった。それで最後にはだいたい、精いっぱいになれることがあるんだったらそれはそれで悪くない、みたいな話になっている。

常夜鍋は、豚肉とほうれんそうとニラをしょうがと一緒に煮て、味ぽんと柚子こしょう、またはコチュジャンでいただく鍋である。二番目の会社で一緒に働いていた年上のパートのSさんに教えてもらった。Sさんの家は会社から歩いて行ける距離にあって、わたしたちはときどき家にお邪魔させてもらってごちそうになった。「常夜鍋って知ってる？　めっちゃお肉食べれるで！」というSさんの生き生きした声を、今も覚えている。何の話をしたのかはぜんぜん記憶になくて、ただ空気そのものが幸せだったことがずっと残っている。鍋にはその種類と回数の分だけ、さまざまな色合いの幸福があるのだと思う。鍋よいつも本当にありがとう。

❖一月二十五日ごろの二十四節気＝大寒《たいかん》　七十二候＝款冬華《ふきのはなさく》（ふきのとうが花をつけ始める時期、の意）

オリオン座の大人の事情

季節のことば：オリオン座、寒昴

小学一年ぐらいまでは、プラネタリウムによく連れて行ってもらっていた。スイミングスクールの近くのプラネタリウムだったと思う。わたしは本当にプラネタリウムが好きだった。プラネタリウムで楽しんだ後、近くのファストフード店で遅い昼ごはんを食べるのも併せて好きだった。今も好きだし、おもしろい特集がある時は足を運ぶけれども、当時ほどの熱狂はない。六歳ぐらいまでは、星座の図鑑を毎日読んでいて、本当に天文学者になりたいと思っていた。その後、田舎に引っ越して、すっかりプラネタリウムとは疎遠になり、大人になってから夜空を眺めても、……よくわからん、なんであの点と点をつなげたらあれに似てる、とかって昔の人ははしゃげたのか、暇すぎやしないか、うらやましい、という感想を持ってしまうようになったのだが。ただ、ギリシア神話は好きで、今も何を読みたいのかよくわからないけど字を読みたい時などに読んでいる。そして、よくこんな理不尽な話ばっかり、と感心する。

わたしが初めて覚えた星座は、オリオン座だった。これはかなり確実に覚えている。オリオンて誰？　と強く思ったからだ。オリオン座はとても覚えやすいため、母親がすぐに認識できるようになったというのもある。ベルト部分の三つ星は、個人的にはもっとも視認性が高い目印だと思う。

オリオン座はめちゃくちゃ派手だ。三つ星に加え、脇の下のベテルギウスがあるだけでも、もはや一つの星座の中にある星としてお腹いっぱいなのに、左足に位置するリゲル、更に目立つ星雲二つなど、なぜオリオンだけこんなすごい待遇……、と不思議な気分になる。

神話との関係上、オリオン座よりもっと派手でもいいだろう、という星座はとてもたくさんある。英雄としても、ヘラクレスやペルセウスのほうが大物に思えるのだけれど、両星座とも、オリオン座ほどはわかりやすくない。かに座とかやぎ座とかおひつじ座は、有名なくせにすごく地味だし。ちなみに、みずがめ座のわたしは、幼稚園児の頃、自分の星座に明るい星がないことを気にしていた。でも、なんかこう、西の方角、水瓶《みずがめ》の水が流れていく先に、大きな明るい星があるよ？　と一瞬希望を持つのだが、どっこいそれはみなみのうお座のフォーマルハウトなのだ。わたしたちはぴったりとくっついているのに、フォーマルハウトという好物件は、みなみのうお座に属すると登記されているようだ。勝手に期待をして勝手に裏切られたというこの顚末《てんまつ》だが、だからこそ、一個ぐらいなんかいい星をくれよオリオン、と思っていた。股間の大星雲の下の二重星でいいから分けてちょうだいよ。でもちょっと離れているから無理か。家で言うと、四軒隣ぐらい。

わかっている。そんなこと気にすんなよという話だが、気にしいは、自分の星座に明るい星がないことさえ気にする。気にしいの魂百までとばかりに。わたしは、同じクラスの四月生まれの体が大きい女の子に怒鳴られてばっかりの幼稚園児だったので、もっと気にするところがあったはずなのだが、気にするポイントをありえないぐらい外しているところも、気にしいの特徴だと言える。ゆえに怒られる。そして気にするのだが、それがいつの間にかあさっての方向へとずれこんでゆく。気にしいスパイラルと言えよう。

星座の学習の特徴として、必ず、初見ではよくわからない人名が出てくる、ということが挙げられると思うのだが、ど派手なオリオン座がその最たるものというのも皮肉である。オリオンさんとはどんな人だったのか？　諸説あるのでここにはまとめきれないのだが、基本的には腕の良い狩人《かりゅうど》で、美男ゆえにか、大変な恋愛体質であったそうだ。わたしが小さい頃から持っている星座の図鑑をひいても、インターネットで調べてみても、とにかく惚《ほ》れっぽい。わたしの持っている子供向けの図鑑には、ある島の化け物を一掃したものの、いろいろな恋愛がだめになってしまったあと、月の女神アルテミスに雇われ、しばらく部下として働いていたが、そのうちアルテミスと結婚したくなり、結婚して、と言うと、嫌がったアルテミスが大地の女神ガイアに根回ししてサソリを送り込んでもらってそれに刺されて死んだ、というさんざんなものである（嫌がるのがアルテミス自身ではなく、アルテミスの兄のアポロンであり、サソリでは死なず、謀略のうえアルテミスに射ち殺されてしまったという記述のある本も持っている）。なんだかこう、申し訳ないのだが、他の由来を読んでも、すごくかっこいい人物とかではない。できる人だが、だいたい恋愛か傲慢が原因で身を滅ぼしていて、でもそれほど悪い奴でもなかったんだよなー、と神様が思って、仕方ないからでかい星座にした、というようないきさつがうかがえる。

冬の夜空、何かの拍子に三つ星が見えるたびに、古代のロマンというより人間のしがらみを思い出す。輝くものの世知辛《せちがら》く、しかしその事情を超えて、オリオンはいまだ、西の隣の寒昴《かんすばる》、別名プレアデス星団の姉妹を追っかけているのだそうだ。好きにしたらいいと思う。

❖一月三十日ごろの二十四節気＝大寒《だいかん》　七十二候＝水沢腹堅《さわみずこおりつめる》（沢の水が硬く凍る時期、の意）

季節のことば：ストーブ

ストーブの実感

ストーブ派だと思う。部屋のエアコンが、長らく冷房だけのものだったからかもしれないけれども、エアコンで暖房が使えるようになった今でも、だいたいストーブで寒さをなんとかしようとする。なので、冬場に出張などでホテルに泊まると、ストーブがないのに寒くない、と不思議な気持ちになる。特に、部屋に入った時の違和感は強烈である。あの、あらかじめ部屋が暖まっている心地好さが、逆に居心地が悪いというか、冬場に「暖をとる」という行程を省いて部屋で過ごすことになるのはとても非日常である。なので、自宅に帰って部屋が程よく寒いと、妙に安心してしまう。荷物を下ろし、上着をかけ、ストーブを点《つ》け、その前に座り込む。その場を少しでも離れたら効果がなくなるストーブではなく、部屋全体を暖めるエアコンを使うようにしたら、もうちょっと活動的になるのかもしれないけれども、どうしてもストーブ離れができない。

皆さんはわたしよりもぜんぜんエアコンを使っておられるはず、と思うと、もはや「暖をとる」ことは一般的ではないのかしら、という疑問が芽生えてくる。わたしにとって、暖をとることは一大事だ。起床すると、まずストーブを点けて、しばらくじっとする。

そして、カーディガンの上に更に上着を着て、レッグウォーマーを履き、靴下も重ねて履く。その後再び、しばらくストーブの前に座り込む。体を暖めるという以外何をするというわけでもなく、ひたすら、お茶を淹《い》れるために立ち上がって電気ポットに水を汲《く》みに行く気力が湧くのを待っている。気力というか、最近ではもはや「勇気を出す」という言葉のほうがしっくりするぐらい、ハードルの高い動作になってしまった。ストーブの前で膝を抱えて、勇気を出せ、と自分を鼓舞している。その内容が、「水を汲みに行くこと」。どれだけ動けないんだ。

もしかしたら、エアコンであらかじめ部屋を暖めておけば、そんなまぬけな前哨《ぜんしょう》戦は必要ないのかもしれないけれども、どうもストーブがいい様子だ。ストーブを点け、着込んだうえで暖をとることは、面倒で時間を無駄にする部分もあるのだが、着込んでいるうちに自分を組み立てているような感じもする。その感覚が、なんとなく好きなのだろうと思う。おしまいまで着込むことで妙な達成感を得てしまったりもする。これは、他の季節にはないことだ。実際には着込んでいるだけなのに、頭は「いい仕事した」と思っている。おめでたいことこの上ない。

ストーブを点けて着込むこと以外にも、寒さから暖かさへと移行する状況には、常に何か劇的な安堵《あんど》が付きまとう。会社員だった頃にも、アホみたいに冷たい冬の道を自転車で走った後、地下鉄に乗り込んだ時の安心感はものすごいものがあった。吊《つ》り革《かわ》を握った瞬間、このまま溶けてなくなるんじゃないか、と思うほど脱力する。会社に到着すると、すぐさま足元のストーブを点けて、のろのろと昨日の残りの仕事などを見直しながらお湯が沸くのを待ち、給湯スペースの電気ポットがピーッという音を立てたらすっ飛んでいってココアを作る。朝の一杯目のココアを口にすると、生き返るような心地がした。出勤することは決して好きではなかったけれども、とにかくその瞬間は幸せだったのである。それがたとえ月曜日の朝であっても。

点けたらその近くだけ温かくなる。ストーブの温かさはとても単純だ。ストーブの近くに座りながら、わたしは何か、焚《た》き火の近くにいるような気分になってくる。じっとして、火の揺らめきの代わりにらせん状の電線を眺めながら、いろいろなことを考えたり、考えなかったりする。子供の頃も、石油ストーブの前でじっとしているのが好きだった。熱源に手をかざして背中を丸めることには、何か人間の原始的な気持ちを満たしてくれるものがあるのかもしれない。いいこともいやなこともたくさんあるけれども、とにかく今は暖をとるのだ。ストーブの前で過ごす時間は、どこかあわただしい日々から浮き上がっているように思える。

❖二月一日ごろの二十四節気＝大寒《たいかん》　七十二候＝鶏始乳《にわとりはじめてとやにつく》（鶏が卵を生み始める時期、の意）

◇冬から春へ

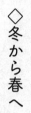

厄除け後のゆるゆる

季節のことば：節分

おにはそと、ふくはうち！　やってますか？　わたしはもう、三十年以上というような単位でやっていない。あの豆をあまりおいしいと思えないからかもしれないし、人に豆をぶつけてもべつにカタルシスを感じない体質なのかもしれない。豆がうまくない、というのは、豆まきの地位をあまり派手なものに確立できない一因のように思えるけれども、あれよりおいしくても、まこうという気にはならなそうなので考えものである。豆まきに抵抗がなかったとしても、一人ではできないのはよくない。豆まきには、豆をまく人、鬼をやってくれる人の最低二人が必要だ。そして家庭の父親以外に、「豆まきがやりたいので鬼をやってくれ」と頼むのはかなり勇気がいる。けれども個人的に、鬼の役をやるのはやぶさかではないので、鬼を探している人は一声かけてほしい。

それよりも節分は厄《やく》と関係がある。厄年が視野に入り始めたら、年が明けるという基準が正月から節分に移行していく感触もあるのだが、どうだろうか。十二月三十一日が一月一日になって年が明ける。それは社会的なことで、もちろんめでたいのだけど、本当は、厄の区切りがまだついていない。去年に負った厄はまだ、節分まで続行されると考える。そしたら、年が明けるということだけでは、そんなに簡単に肩の荷は下ろせないはずなのである。いや、まだだ、節分までは油断できない……。などとずっと考えているので、一月は個人的に、つらいモラトリアムを生きている感触がある。

　ここ五年ぐらいの節分は、大聖観音寺《たいしょうかんのんじ》（あびこ観音、あびこさん）という大阪市住吉《すみよし》区のお寺に行っている。厄除《やくよ》けの観音様として有名らしく、毎年けっこうな人数が、平日にもかかわらずお詣《まい》りに行く。わたしも昼間に一人で出かける。けっこうな人数、と記したが、十日戎《とおかえびす》における、ヤバイどうしよう人が多すぎる、というほどではなく、お願いしたい内容も、厄除けという「マイナスをゼロに」という、防御的な意味合いの強いものなので、雰囲気は粛々としている。わたしも、きわめて義務的な顔つきで出かける。でも、密《ひそ》かに出店を楽しみにしている。あびこさんは、専門の屋台だけでなく、地元のお肉屋さんや和菓子屋さんがお店を出していて、わたしはとてもそういうのに弱いので、からあげと厄除けのおまんじゅうを買ってほくほくと家に帰る。あまりに毎年行っていて、同じ道の出店の一つ一つに熱い視線を送りながら帰るので、二年連続で、近くにお住まいの会社の部長の奥さんがわたしを見かけたそうだ。なんだかそういう話を自慢にも思うので、なんとなく全体的にテンションは低いものの、わたしは節分のお詣りがかなり好きなのだと思う。

　二月三日は祝日ではないため、平日の微妙な曜日に当たることもあるので、会社員だった頃は午後だけ有休を取ってお詣りをし、からあげとおまんじゅうを買って家に帰ったら一六時、というような、これまた微妙な時間に帰宅することがよくあった。あびこさんは、自宅からは大阪の繁華街がある方面とは反対側にあり、寄り道はせずにまっすぐ帰るため、家に着くのが早いのである。うがい手洗いを済ませ、出店で買ったものを食べていたら、おなかもいっぱいになるし、でも仕事をする気もしないので、ぼーっとする。これがもう、完膚《かんぷ》なきまでのぼーっとなのだ。だいたい次の日は出勤しなければいけないので、時間に限りがあることはわかっている。でも、何をしろと言われているわけでもない。会社の定時までは、あと一時間半ある。エアポケットのようというか、坂道をころころ転がり落ちてきて、不意に手の中におさまったような、不思議な時間だ。

　ぼーっとする、というと、ときどき節分のお詣りの後のあの時間を思い出す。休講や早退で早めに帰宅した時のバリエーションが、わたしには節分の日の厄除けの帰りということになるのかもしれない。フリーランスになった今も、節分の日の昼間は仕事をしないと決めているので、会社員だった時と同じようなぼんやり感を味わう。これから晩ごはんまで何をしようかなあ、買ってきたものを食べてしまったからおなかもすいてないし、今日はお茶漬けでいいかあ。厄除けの使命を完了した後の時間は、ぼんやりとした達成感とぬるい幸福感に満ちている。もう大人になったから諦めを知ったし、楽しいことに浸《つ》かりきっていたら後がしんどいこともわかってきたので、永遠に今日が終わらなければいいのに、と思うことはめったにないのだが、あの節分の夕方は、わたしにとっては数少ない、ずっと終わらないでほしい時間なのだ。

❖二月三日ごろの二十四節気＝立春　七十二候＝東風解凍《はるかぜこおりをとく》（春風が氷を解かす時期、の意）

高校は筆談の彼方に

季節のことば：試験

人生でいちばんつらかった頃はというと、社会人になって一社目の、九月に言い渡された一か月間の出向から帰ってから十二月に退職するまでか、もしくは中学生の頃だった。嫌なことがあったというよりは、単純に忙しくてつらかった。朝の八時四〇分から一六時前までとフルタイムで学校に行き、火・木・金は一八時五〇分から二二時まで、土曜は忘れてしまったけれども、お昼の三時間、塾に通っていた。

今あれをやれと言われたら、泣いて暴れると思う。夜逃げや国外逃亡も考える。「会社員のお仕事をしながら小説を書かれているとはお忙しいですね」という言葉をかけられたことは多々あったのだが、小説は自宅で一人で書けるし、お茶を飲んだりお菓子を食べながらこなせるし、好きな時間にトイレに行けるし、中学生の頃の塾と比べたらぜんぜんましだ。塾ではトイレも満足に行けなかった。先生が厳しかった、のではなく、生徒同士の相互監視が厳しかったのである。いや、それは言いすぎか。とにかく、誰かがトイレに立ったら異常なまでに注目される息苦しい文化があり、時間的な拘束も長かった。その当時から、一日に二つのことをやるのが苦手で、塾に行く前には必ず一時間半ぐらい寝て時間を区切っていた。今も基本的に同じような体内リズムで生きているような気がする。

ちなみに今、個人的に語学の勉強なんかをしているからよくわかるのだが（注：いっこうに上達していない）、同時期に五つの教科をやるなどということはありえないぐらい難しい。自分自身でたとえると、スペイン語をやっているうえに、中国語、タイ語、アラビア語、フィンランド語を同時にやるようなものである。高校になると、五教科が更に分かれて十教科になっているのでよりつらいということになるのだが、高校では完全に勉強する気をなくしていたため、勉強に関する記憶がほとんどなく（二〇〇点満点の数学の実力テストが六点だったことぐらい）、最後に勉強をしたなと覚えているのは、三月の公立高校受験を前にした中学時代の塾の自習時間でのことになる。それも、友達と筆談をしていた思い出であるため、厳密には勉強とは言えない。

そんな勉強ぎらいのわたしだが、高校の私立の試験に落ちたら死のうと思っていた。本当に思っていた。二月のはじめの頃に受けた私立は、すべり止めの高校で、本命ではなかったものの、だからこそ深刻だった。極端なことを言っているようだけれども、同じ考えだった人はけっこういると思う。すべり止めに落ちたら、公立の志望校も変えなければいけなくなるし、そっちも落ちたら、もう行く高校がなくなってしまう。少なくとも、塾での筆談に付き合ってくれていたYさんはそうだったと覚えている。だから、人生でもっとも緊張した試験は、高校の私立の受験である。

初めて一人で私鉄に乗って、大阪市の外に出た。それまでは、なんだかんだで地下鉄と自転車で間に合っていたのに。これに落ちたら死のう、と思っている試験なので、それはもうたくさんのことを覚えている。大きな線路の高架の下をとぼとぼ歩き、今考えたらわからなくなったことが不思議なぐらいの簡単な道順に不安になって、近くを歩いていた二人組のお姉さんに声をかけたら、笑いながら教えてくれた。あれは願書を出しに行った時のことだったか。国語の試験では、太宰治《だざいおさむ》の「女生徒」が出た。テストの問題やのにおもしろいやないか！　と衝撃を受けた。

試験の日は、行きも帰りも、一両目の先頭に座っていたことも覚えている。地下鉄にしか乗らない生活をしていたので、そうやって電車が線路を走っていく様子を眺めるのが楽しみだったのだ。なんとか緊張を紛らわそうとしていたとも言える。帰りは、友達がくれた手紙を読んでいた。受験とは何の関係もない、当時二人が好きだったバンドの記事の感想とかだった。彼女（塾で一緒だったYさんではない）は絵がうまい人だったので、たぶん四コマか何かが描いてあったと思う。

わたしにとって高校受験は、無数の筆談の先にあるものだったのかもしれない。落ちたら死ぬ、と単細胞に思いつめる傍らで、塾の先生がマスクをしてやってきた様子の似顔絵や、ゾウリムシの落描きや、昨日観たテレビの感想などがとっちらかっていた。つらいつらいと言うけれども、なんだか、すごく楽しかった時期のような気が、今した。

❖二月十日ごろの二十四節気＝立春　七十二候＝黄鶯睍睆《うぐいすなく》（鶯が鳴き始める時期、の意）

季節《きせつ》のことば・バレンタインデー

チョコレートの独特

前の会社に就職したての時だったので、十年以上前のことだ。入社して初めて年を越し、二月に入った頃合に、仕事を教えてくれていた一つ年下の先輩と「バレンタインデーは会社の人に何か配るのか」という話をした。わたしは、最初の会社をバレンタインデーなど迎えもせずに退職してしまったので、どうしたらいいかよくわからなかったのだが、先輩がチョコレートを配るというので、自分もそうすることにした。

一年目は、特に何も考えずに手ごろな値段のチョコレートを会社の男性全員に配布したと思うのだが、二年目に、「会社の男の人みんなが、はたしてチョコレートを欲しがっているのだろうか？　むしろそこそこの食品ならなんでもいいんじゃないのか？　味噌《みそ》とか奈良漬けとか？」と疑問を抱いたことでどつぼにはまり、百貨店の地下食品売り場を一時間半ほどうろうろする破目になった。結局、それらは重いし匂いもきついので断念し、お菓子売り場を試食して回った結果、吹き寄せを買った。当時は、さまざまな年齢の日本人の男性に渡すお菓子として、それがもっとも中庸な位置にあると思えたからだった。いろいろな干菓子が入った吹き寄せは、個人的にもおいしかったので、わたしはへらへらと、「これはおいしいですよ」とすすめながら会社の人に渡して回ったのだが、よろこばれたかどうかはまったくわからない。何寄越《よこ》してんだこいつという感じだったかもしれない。

その先輩が退職してからは、わたしはすっぱりとバレンタインデーにお菓子を贈るのをやめた。お返しを頂戴できたりすることはありがたくても、百貨店の地下で途方に暮れるのが相当しんどかったのだと思う。そんなに毎年毎年吹き寄せを贈るわけにもいくまい。

義理チョコとは言うけれども、世の中の男の人たちは、意外においしいじゃがいもやうどんや昆布《こんぶ》のほうがうれしいのではないか、という考えを拭い去ることができない。わたしが女子が働く職場にいるおじさんで、バレンタインデーだがどんな食品が欲しいかと訊《き》かれようもんなら、「ちりめん山椒《ざんしょう》」とか「柚子《ゆず》大根」などと答えて陰口を叩《たた》かれていたことだろう。

バレンタインデーにチョコレートを贈る習慣は、日本独自のものだという。いくつかのお菓子メーカーやチョコレートを取り扱う会社が、何年もかかって仕掛けて定着したそうだ。苦労はあっただろうが、結果的には大成功であったと言えるだろう。しかし、これが佃煮《つくだに》でもよかったんだ、と考えると惜しい感じもする。バレンタインに、牛肉の佃煮を！　……だめか。バレンタインデーにチョコレートをという習慣が根付いたのは、チョコレートに対する、人々の思い入れがあってこそのものでもあるように思う。甘さが凝縮されている。食べる時にバリバリという音などしない。ぼろぼろこぼれない。チョコレートは、品の良い食べ物なのだろう。ついでに疲労回復にも効果がある。

チョコレートは、お菓子というか、「チョコレート」という独立したジャンルであるように見受けられる。最近の複雑化、高額化は抜きにしても、手にした時や口にした時、ドーナツやパンケーキやクッキーといった小麦粉のものとは違った感慨がある。バブルから不況へと時勢が変化したせいか、この二十年ぐらいで日本人は、目新しい食品よりは、保守的で懐かしい味わいのものとそのバリエーションを評価するようになったと考えているのだけれども（ドーナツ、パンケーキ、ラスクなど）、チョコレートだけはそれを逆走している。食べるのにリーフレットが必要な、複雑な味のチョコレートもある。一粒のチョコレートとリーフレットをつき合わせて、これからどんな味のチョコレートを口にしようか思案するところから始まるわけである。それは単なる「おやつを食べる」という行動ではなく、「チョコレートを食べる」という独自の体験になっている。

小学生の時に、よくよく珍しがってお食べなさい、というような注釈付きで、母親に四粒入りのゴディバのチョコをもらったことを思い出す。バレンタインデーのお裾分けとして、仕事先で頂戴したものらしい。それまでのわたしには、板チョコか、そうでないならお土産のマカダミアナッツの入ったチョコレートが「チョコレート」だった。わたしは、箱の中のそれぞれ味の違う、小さな凝った置き物のような四つのチョコレートを凝視して、いちばん興味のない、苦そうな黒っぽいものを手に取って口に入れた。思ったほど苦くはなかったけれども、一粒を一度に食べてしまったので、口の中で溶かすのに苦労した。一粒が自分の二日分のおこづかいより高いチョコレートを食べて、おやつとは感じなかったように思う。チョコレートはチョコレートである。それは、おやつ連邦の中の独立国として、どうにも気難しく屹立《きつりつ》している、とわたしはその時にぼんやりと感じた。

❖二月十四日ごろの二十四節気＝立春　七十二候＝魚上氷《うおこおりをいずる》（割れた氷の間から魚が飛び出る時期、の意）

季節のことば：アレルギーの日（二月二十日）

咳と体

二月二十日はアレルギーの日だという。免疫《めんえき》学者の石松公成・照子夫妻が、アレルギーを起こす原因となる免疫グロブリンE（IgE）抗体を発見し、アメリカの学会で発表した日を記念してということだそうだ。

アレルギーとはそもそも何か？　手元の新明解国語辞典によると、「注射や、特定の飲食物・薬を摂取した場合に、体質上、正常者とは異なる過敏な反応を示すこと。（略）〔広義では、特定の人・物事に対する拒絶反応を指す〕」とある。この時期にアレルギーというと、それはもう花粉症の出番ですね、という感じなのだが、いまだ花粉症デビューは免れているわたしも、アレルギー体質ではあるようだ。小児喘息《ぜんそく》だったし、春先になると、二年に一回ぐらいの割合で長く咳《せき》が出ることがある。

それまで数年の間は、あまりひどい咳に見舞われることはなかったのだが、去年はけっこうひどいのにやられた。まあ風邪だろ、と思い込んで、いっこうに治らないなあ、とのんびりしていたら、咳はどんどんひどくなっていった。三月のはじめごろから四月の中旬までは、ずっと咳をしていたように思う。派手に咳が出たので、いろいろな人に心配をかけた。

何が申し訳ないって、わたしは小児喘息を患っていたので、本人は変に咳をし慣れているというのに、周りの人が気遣ってくれることだった。げほげほしながら、どこかで咳を咳とも思っていないようなところがあるのだ。特に、空咳との組み合い方には、自分の中で密《ひそ》かに定評があるように思う。げほげほならまだいい。いちばん重い時は、ブォ、ブォッという感じの、バイクのエンジンをふかすような咳が出る。あれが出ると、本領発揮って感じだな、とわたしはニヒルに思う。咳はわたしのスパーリングパートナーであるとも言える。何の。

とにかく自分はアレルギーによる小児喘息であるという自覚は、幼稚園の年少さんの頃からあり、それが幼稚園児なりの数少ないアイデンティティの一つだったので、家族旅行で和歌山県の白浜《しらはま》に行くたびに（南紀白浜が好きな一家だったのである）、「白浜エネルギーランド」を「白浜アレルギーランド」と言い換えるというギャグまで飛ばしていた。書いていて、わたしならこんなやつ心配しない、と思う。この文章が公開されて、どうせ津村さんは咳慣れしてるんでしょ、アレルギーランドなんでしょ、ということが周囲にばれてしまうのは少し怖い。今は幼稚園の頃ほどは咳をするのが日常ではないので、それなりにダメージは受けています。あしからずです。

ここまで言っておいてなんだけれども、咳はとても嫌なものだと思う。ただ、ものすごく身体性があるものでもある。一回の咳で、五〇メートルだか一〇〇メートルだかを走るのと同じぐらいの体力を消費するのだとまことしやかに言われているように、咳をするという体の内部から外部への動きは、驚くほどの注意を要する。自分はあまりにも体の中にいる、といやがうえにも思い知るのである。発熱には、体力が空気の中に蒸発していってしまうような苦しみがあるけれども、咳は、自分の魂のようなものの破片が排出されていくような感覚がある。強烈な動作をしているという感覚だ。そういうことを経験すると、ほとんど自分に体があるということを意識しないような、風景の中に溶け込んでいるような自失に近い瞬間こそ、これが十全なのではないかと思えてくるのである。たとえば、駅でひたすら電車を待っているような、ほとんど身体性のない時間に、もっとも中庸な生きている感覚はあるのではないかと。「する」のではなく「しない」ことの中に。

去年わたしがおこなった咳への対策は「する」ことの連続だった。咳止めパッチというものをもらって、腕にびっと貼ってうれしがる、咳止めシロップを服用し、気管拡張の薬を飲む。咳止めシロップは子供の頃好きだったので、ちょっとよろこんで飲んでいた。四月の中ごろになると、咳は自然とやみ、わたしは元の特に問題のない倦怠《けんたい》の中に戻っていった。べつに咳がいいとか懐かしい、というのではないけれども、「あれ？咳が出なくなったよ？」という瞬間の拍子抜けというか、おっという感じは得難いものがある。もし今年咳が始まっても、あの感じを楽しみに暮らしたいと思う。

❖二月二十日ごろの二十四節気＝雨水《うすい》　七十二候＝土脉《つちのしょう》潤《うるおい》起《おこる》（雨が降って土が湿り気を帯びる時期、の意）

季節のことば：わかめ

わかめ海岸のアオサ

以前、わたしの家の裏には、大量のわかめが漂っていた。小学一年の二学期から、小学三年の一学期まで住んだ海の近くでのことである。遊泳のための砂浜もあったのだが、自宅から歩いて十五分ぐらいの少し離れた場所に位置していて、真裏の海は、テトラポットが積み上げられ、粗い砂が敷き詰められた、そっけない海岸だった。当時は、夏休みにもなると毎週のように海に泳ぎに行っていて、そのそっけない海岸にもかなりの回数行った。

　大量のわかめはそこに打ち寄せていた。砂浜にもわかめはけっこうあったが、やはりわかめというと真裏の海岸だった。なにしろわかめで海が黒く見える。砂浜の方の海は、そこそこ青かったように思うのだが、わかめの海岸は暗く、それでも、海だ海だと喜んではだしで走り回っていたわたしは、引っ越しの初日に釣り針を踏んだ。なので、真裏の海岸はお世辞にも素敵であったとは言えないのだが、わたしは、それでも一つ良いところがあると考えていた。わかめだ。あんなにわかめがあるのなら、困った時には、あの海のわかめを食べればいいのではないか、あれだけのわかめがあれば、自分は飢えないだろう、と、わたしは夜な夜な、打ち寄せるわかめに思いを馳《は》せていた（奇《く》しくもその直後、父親が働いてないな、ということを理解し始める）。わかめまみれの真裏の海は、大きなわかめのお吸い物のようでもある。吸っても吸ってもなくならない。裏のわかめはなんだか、いつものお味噌汁《みそしる》に入っているものというよりは、厚手のビニール袋のような質感だが、飢えないためならいたしかたなし。

小学一年が心の拠《よ》りどころにする、困った時のわかめ。なので、あれはわかめではなく、アオサという海藻なのだということが判明した瞬間のわたしのショックは計り知れない。植物図鑑で発見したのか、親に尋ねたのかは思い出せないのだが、とにかくわたしの家の裏の海に大量に漂っているものはわかめではなく、そしてわかめはそんなに簡単に手に入るものでもなく、大人ががんばって養殖などをして増やしているものなのだそうだ。わたしがそれを知ったのは、たぶん小学三年で引っ越しをする直前ぐらいだったと思うので、だまされた！と強く憎む間もなく、わたしはその海の近くの家を離れたのだが、それでも、いまだに少し、あれがわかめだったらば……、と思う。それほどにすごい量のアオサが漂っていた。今調べたら、大量発生したアオサは悪臭を放ったりもするらしい。各地の海岸に漂着して迷惑を掛けているそうだ。……。悪臭は、どうだったかなあ、そうだなあ、海の匂いって素敵ねとかはあまり思っていなかったなあ……。砂浜の方では、拾ったカップラーメンのカップに、わかめ（本当はアオサ）の下で揺れているミズクラゲをつかまえて投入し、「わらびもち」と言って喜んでいた。今考えると、相当ひどい。そこにわかめ（本当はアオサ）を添えてやると、まさしく食べ物のように見えた。雑草を使ったままごとでもなんでも、料理のできない年代の子供が本物っぽいものをコーディネートすると狂喜するように、わたしもうれしかった。親にも友達にも見せまくり、売れるんじゃないかと妄想に耽《ふけ》った。いや、本当に、海水浴に来た人に売ろうとしたかもしれない。「わかめとくらげの和《あ》え物」と言うと、なんだか本当に食べられそうじゃないか。いや本当はアオサだったんだけれども。

そんながっかりなアオサを、最近スーパーのふりかけコーナーで見かけたのだった。わたしは、白いごはんはおかずで食べたいほうなので、何年もふりかけ市場をちゃんとチェックしたことがなかったのだが、あのアオサがふりかけに、と驚いた。ただ、調べてみると、アオサという名称で「ヒトエグサ」が食用になっているケースもあるらしく、いまいち実体がつかめない。わたしの家の裏のアオサはどっちだったのだろう。小学生のわたしにひとっ走り行って取ってきてほしい。

❖二月二十五日ごろの二十四節気＝雨水《うすい》　七十二候＝霞始靆《かすみはじめてたなびく》（春霞がたなびき始める時期、の意）

雛飾りの人々

季節のことば：雛《ひな》祭り

うちの家には七段の雛飾りも、三段の五月人形もあった。子供のイベントに力を入れる家系だったのかもしれない。稚児行列にも行ったし、七五三も大事な行事だった。雛人形と五月人形は、しばらくの間押し入れに眠っていたけれども、大きめの和室のある家に引っ越してから、またその季節になると母親が飾るようになった。といっても、さすがに全部組み立てるわけではなく、五月人形の鎧兜《よろいかぶと》は床の間にちょこんと鎮座し、雛人形はたんすの上の段から少しずつ段差をつけて引き出して、すごく中途半端に飾る。三人官女まではまあまあ見られるのだが、五人囃子《ごにんばやし》、右大臣・左大臣、仕丁《じちょう》の三人組あたりになると、記憶頼みではだんだんわからなくなるのか、それともどうでもよくなってくるのか、五人囃子の両側を右大臣・左大臣が固めていたり、仕丁と大臣たちがごちゃまぜに同じ段にのっていたりする。たんすを雛壇に利用するのが、ほんとに何をしているのかという感じなので、写真に撮っていろいろな人に見せていると、うちも雛人形を飾るのにたんすを利用しているというお宅がいくつかあって驚いた。

わたしは雛飾りがとても好きな子供だったので、雛祭りは正直言って自分の誕生日より楽しみだった。一年でいちばん楽しみだったといっても過言ではない。雛人形を出してもらえるばかりか、あられはもらえるし、ひし形のケーキも食べられる。おもちゃも買ってもらっていたような記憶がある。個人的には、盆と正月がいっぺんに来るという所感を持っていたのが雛祭りだった。

とにかく雛飾りは見ていて飽きない。まずお人形がきれいだとか、着物がきれいだということを享受し、三人官女では誰がもっとも美人かということを考え、その人間関係を想像し、五人囃子を順に凝視しては、笛の人がいちばん地味でかわいそう、などと同情し、左大臣は見るからに老人なので体調を心配したり、その下の三人のおっさんは、足とか出してて場違いじゃないの、と無駄に咎《とが》めたりする。登場人物も多いが、小道具も豊富だ。三人官女の間にある白とピンクのおもちと、右大臣と左大臣の間にあるひし餅ではどっちがおいしいのかと思いを馳《は》せ、茶道具や鏡台の作りの細かさに感心し、たんすにはいったいどれだけの着物が入っているのかと想像する。ここまで書いてみて、意外とお雛様とお内裏《だいり》様には興味がないんだな、ということが自分でわかって驚いている。確かに、いてもらわないと困る人たちではあるが、下の段の人々のほうが、遥《はる》かにいろいろな話を持っていそうだと子供心に思っていた。結婚式は、新郎新婦よりも列席者の方がよくしゃべるしよく動く。

群像劇、グルメ、家具（インテリア）、そして食器など、雛飾りは、イギリスのお屋敷ものミステリーのごとく、人の興味を引くものが凝縮されている。ないのはお屋敷そのものだけだといっても過言ではないだろう。ものすごく高度で高級なお人形遊びでもあるのかもしれない。家具の配置をやたらにいじってはいけないシルバニアファミリーのようでもあるし、中身だけのドールハウスであるともいえる。こちらに正面を向いて並べられている雛人形たちは、何を考えているのか。同じ段の人形たちと言葉を交わしているのか、それとも、段をまたがって何かを伝え合っているのか。興味は尽きない。ちなみに、資料とするためにダウンロードして参照したデジタル取扱説明書によると、三人官女では真ん中だけが既婚者だという。ちゃんと設定だってあるのだ。

小さかった頃は、雛壇が階段に見えて、雛飾りを設置中に駆け上がって死ぬほど怒られたことがある。なので、うちの雛飾りの段には、下から三段目ぐらいにわたしが駆け上がってできた凹《くぼ》みがある。人形たちが生きているように見えたというのではないけれども、雛飾りはそれだけで一つの世界を形作っていて、わたしは自分の家にそれが存在していることが不思議でならなかった。雛人形たちは、数週間だけ和室に滞在する、小さくて上品なお客さんのようだった。幼稚園に上がるか上がらないかぐらいの子供の重みさえ支えられなかった薄い雛壇は、ますます雛飾りの完結した世界を強固にし、わたしは来る日も来る日も雛飾りを眺め続けた。

❖三月三日ごろの二十四節気＝雨水《うすい》　七十二候＝草木萌動《そうもくめばえいずる》（草木が芽を出し始める時期、の意）

季節のことば・確定申告

税務の妖精

高校三年の時の同じクラスに、Kちゃんという友人がいた。背の小さいKちゃんは、とても明るくて頭の良い子で、普段の学校の成績も良かったので、指定校推薦で早々と大学も決めたため、受験勉強というものは特にやらないまま高三の一年間を過ごしたと思う。吹奏楽部に属していたものの、部も引退し、さりとてガリガリ勉強をする必要もないKちゃんが精を出したのは、アルバイトだった。道頓堀《どうとんぼり》のさる有名な飲食店で、ホール係として働いていた。文武両道というか、とにかくよくできた女の子だったのである。こう書いてみると、よくわたしなんかと友達でいてくれたなという驚きでいっぱいになるのだが、いつも優しく楽しく接してくれたので、やっぱりすごくいい子だったのだろうと思う。

そんなKちゃんがある日、耳慣れないことを口にした。今月はこれ以上働いてはいけないと言うのである。世間のセの字もわかっていないわたしからしたら、whyなぜにという感じなのだが、Kちゃんは、このままいくと年間で一〇〇万円以上を稼いでしまうからだ、とのことである。そもそも、アルバイトで年間一〇〇万円を稼ぐということ自体が、わたしからしたら異次元の出来事のように思えたのだが、Kちゃんは更にびっくりするような話をしてくれた。このまま一〇〇万を超えてしまうと、税金を取られてしまうから、と言うのである。「！！！」だったとしか言いようがない。高三の同い年にして、一〇〇万を稼ぐうえに、税金の話をする。Kちゃんはなんという遠い所に行ってしまったのだろう。相変わらず、「自分が考えたもっとも素早いブラジャーの付け方」の話などもしてくれるというのに。

Kちゃんが個人的にあまりにもスーパー高三であったため、思い出話が長くなったが、会社員だった頃に新人賞を頂戴した次の年の二月、わたしはひしひしとKちゃんが話してくれたことを思い出していた。新人賞の賞金が一〇〇万円で、その他、ほんの少しだが文章の仕事をしていたわたしは、こんだけ副収入があったんで、税金をこんだけ払いますよという申し出をしなければならなくなった。確定申告である。

いや、自分には縁のないことだと思っていたのだった。あれだ、一昔前、芸能人が笑顔で印鑑ついて、税務署の前で張ってるレポーターとかに、いくらいくら払うことになりましたとか言ってたやつだ。長者番付っていうものの参考になってるやつだ。そんなもんに自分が関わるわけがない、と思っていたのだが、とにかく一年目は自分で確定申告をやらなくてはならなくなった。といっても、右も左もわからない、周囲に誰もやっている人がいないので、相談会のようなものに涙を流しながら出かけ、ただおろおろと歩き回っているうちに声をかけてきた係員さんのような人に、「そんなに何もかもわからないのでしたら、このぐらいの額ならば、もう申告しなくても……」とあきれられているのか同情されているのかよくわからないことを告げられる始末だった。

　そんなわたしだが、実は高校一年、二年と、春休みは税務署にアルバイトに行っていた。エレキギターがどうしても欲しかったのだ。意図をまったく汲《く》んでいない書類整理を、九時から五時まで黙々と続け、ストラトキャスターを買った。あれはどう考えても確定申告の書類整理なのだが、自分が整理してもらう番になり、頭を突っ込んでもがいているのかと思うと感慨深い。

　あまりのわからんちんさかげんに、「もう申告しなくても」と宣告されたわたしだが、案の定その後の確定申告事情は混迷を極め、母親に代わってやってもらっていたのではもはや間に合わなくなり、税理士事務所さんにお任せすることになった。生意気なっ、と自分に対して思うのだが、一月から三月の半ばまでを税務の作業で莫大《ばくだい》に濫費する時間分を働いたほうが、自分の場合は効率が良い、という結論になった。

　そちらでは、Yさんという女性に担当していただいている。数えたら、もう八年ぐらいお世話になっていた。Yさんはわたしより年下なのだが、けっこう大きい娘さんがいて、一年ごとにその成長ぶりについて聞くのがとても楽しみだ。娘がもうすぐ中学に上がるんですけど、制服をわたしが着てみるんですよねー、などとYさんが言うのをわははと聞いていたのも今は昔、今度は高校受験を迎えておられたりするので、毎年不思議な気分を味わう。それだけ自分が年を食って、時間が経《た》つのが早いということなのだが、確定申告という一年でもっとも気の重い出来事に、Yさんが関わってくれているのはまだ救いがあるような気がする。Yさんの娘さんの話は、もちろん現実のことでありながら、わたしには税務に添えられたおとぎ話のようにも思える。

そういえば、YさんもKちゃんと同じように背が小さい。彼女たちは、わたしにお金のことを教えてくれる妖精のような存在なのかもしれない。

❖三月五日ごろの二十四節気＝啓蟄《けいちつ》　七十二候＝蟄虫啓戸《すごもりむしとをひらく》（冬眠していた虫たちが地上に出てくる時期、の意）

愛と獣害の劇場

季節のことば：猫の恋

この連載は、時候ごとにテーマをいただいて書いているのだが、今回は「猫の恋」と「啓蟄《けいちつ》」で本当に迷った。個人的には、なぜ人は「二十四節気」などという言葉は知らず、ちょっと前が「雨水《うすい》」だったことも知らないような状況にあっても、「啓蟄」のことは妙に心に留めているのかについて考えたかったのだが、やはり人生においてよりウェイトを占めていたテーマについて書こうと思う。

わたしは、猫を飼ったことはないが、猫が恋をしているなという状況については詳しかった。音声だけだが。前に住んでいた家の近くには、たくさん猫がおり、この時期になると、夜中に「うぐぁー」とか「ごぇー」とか「げぉー」と鳴いていた。鳴き声というか、猫による渾身《こんしん》の唸《うな》りである。何を奪い合っているのか、猫同士が激しく戦う物音も聞こえた。基本的に、猫が恋愛をする時期は、わたしは家の中、猫は外の路地のどこかと少し離れた場所にいるので、耳にする猫の鳴き声は、にゃあ、みたいな小さいかわいいものではなく、「恋しでぇー」「繁殖するどぉー」「婿はどこさぇー」的な、なんというか、切羽詰まったものばかりで、寝入りばなに耳にして「すわ事件か！」などと飛び起きたりしたものだった。

無事恋愛を成就《じょうじゅ》させた猫は、うちの天井裏に子供を隠しにきたりもしたので、猫の唸り声が聞こえてくると、ネズミのシーズンが終わったのだな、と感慨深く思っていた。前の家の天井裏にはネズミが出没していたのだが、猫が現れたら姿を消す。ネズミは、体が小さい分、猫がやらかすことの大味さと比べたら更に厄介なのだが、もちろん、今度は間近で聞こえてくる猫の鳴き声、そしてたまの尿臭もつらかった。しかし、猫がいないとイタチが現れることもあったので、まあ猫とネズミのほうがましか……、と遠い目をしながら天井裏に木酢《もくさく》を設置して、獣害に抵抗していたものだった。高校の社会科の先生は、わたしの家の近くに住んでいたのだが、やはり天井裏にネズミが出るので、ネズミ対策のため階下から猫の鳴きまねをして追い払おうという作戦を取っていたことも書き加えておく。成功したかどうかは定かではない。

余談だが、イタチは本当に怖い。そしてわたしは鼻が利く。これ以上述べなくてもわかるだろう。大学生の時に一度、床下で屁《へ》をひられたことがある。昼前だった。わたしはインドのお香を一箱全部焚《た》き、そのまま家を出て、終電まで帰らなかった。あれは何なのか。兵器か何かか。それから、新人賞をいただいてから少し経《た》った後、日曜日の午後に仕事をしていたら、どこから忍び込んだのか、いつの間にか傍らにイタチがいたこともある。わたしはギャァと声を上げ、イタチは回れ右をしてどこかに消えていった。あのイタチが屁をしなかったことを、わたしは今も三日に一回ぐらい神様に感謝している。

それと比べたら猫は、「うげぁー」とかいう予告をするだけまだましである。四月の終わりごろには家を出ていってもくれる。とはいえ、毎年風物詩のように「うげぁー」から幕を開ける「猫・愛の劇場」みたいなものに付き合わされるのは相当つらかった。音しか聞こえないし。ラジオドラマか。

そのわりにわたしは、猫を飼いたい、とよく考えるのだけれども、きっと変な気持ちがするんじゃないかとも思う。うまく言えないのだが、それこそ、音声だけで聴いていたドラマが、後でビジュアルを伴って展開するようなものだ。または、会ったこともないけど、あらかじめ愛憎関係にある相手と、のちほど出くわす、みたいな不思議な感覚を、わたしはずっと想像している。

ちなみに今は、鳥の鳴き声がうるさい家に住んでいる。つい先日も、家の近くの路地ですずめが輪になっているところを見かけた。ほほ、すずめすずめ、とわたしは喜んで近づいていったのだが、ものすごい速さで飛び立っていった。嫌われている。家の中に来られるのは大変困るのだけれど、軒先ぐらいになら猫いないかな、と今はときどき思う。

❖三月十日ごろの二十四節気＝啓蟄　七十二候＝桃始笑《ももはじめてさく》（桃の花が咲き始める時期、の意）

卒業のやけくそ

季節のことば：卒業

幼稚園、小学校、中学校、高校、大学、と順調に卒業をしてきたはずなのだが、よく感情移入されているような、素敵な卒業式に参加したことがない。小学生の時は、公立中学に進学し、人間関係がそのまま中学に持ち越されるため、卒業しても会えなくなる友達は少なかったので、あまり思い入れはなかったし、中学、高校、大学に関しては、その場所を出てゆくという感慨よりも、次の生活への不安が大きかったので、式典に関しては上の空だった。なので、「友達と別れてしまう」とか、「これから大人への階段をのぼることになるのね」などと、卒業式らしい思いに駆られたのは、幼稚園の卒業式だけだったということになる。しかも幼稚園を卒業する式典は、正しく言うと卒「園」式なので、わたしはたぶん、様式美的な卒業式を迎えたことは一度もないのだ。

学校生活は常にそこそこ楽しかったのだが、今もあまり未練というものがない。学校は、毎日毎日通う場所なので、三年も同じことをしていれば、もう飽きてしまうのだろう。かといって、次の新しい生活に期待をしていたかというとそうでもなくて、めんどうだなあと気が滅《め》入《い》っていた。たぶん、卒業式で泣いたり、特別に感じ入ったりする人は、新生活への強烈な期待も持っているのだと思う。わたしにとっては、新しい生活を軌道に乗せるのはとても難しいことで、心の機微に触れる暇《いとま》もなくひたすら不安なのだが、卒業式は一応、生活と生活を区切る大事な日でもあり、その心はおおむね「やけくそ」だった。

中学の卒業式は、おそらく人生でも五指に入る不安からのやけくそ状態だった。入試がまだ残っていたのだ。第一志望の公立高校に受かっていないのに、中学を卒業も何もあるか、なんでこんな時に放り出すんだよ中学！　という理不尽さへの怒りが大きく、卒業式自体のことは何も覚えていない。もうまったく一切だ。記憶にございませんなのだ。なのに、その日は卒業式だからもういい無礼講だ、という理由で塾を休み、友人の家の近所の公園でドッヂボールをしていた。式典のことはぜんぜん覚えていないくせに、この時の様子や気持ちははっきりと思い出せる。あんなにちくしょうと思いながらボールを投げていたのは、あの瞬間以外ない。もういい、何もかもいい、自分は数日のうちに死ぬ、受験に落ちて死ぬ、だから今は思い切り遊ぶぞうおおお。その「遊ぶ」の象徴が公園で球技。しかし、その後先のないプリミティブさが、わたしとしては本質的な意味での「遊ぶ」であった。

わたしと友人たちは、サルのように遊びまくった。中学を卒業させられ、受験の本番もまだ（すべり止めには受かっていたが、本当の集大成ではない）という状況で、我々には明日などないとばかりにボールを投げ、ぶつけまくり、よけまくった。わりと簡単に、明日はないなと思うのだけれども、あの時ほどやけになったことはない。なので本当に、歌などに歌われる情緒的な卒業など糞食《クソく》らえだと思っていた。受験のことばっかり考えていたが、もうこの日ばかりはと塾を休んでギャアギャア言いながらドッヂボールをする。このやけくそ感がリアルな卒業なのであるし、今もそう思っている。卒業を美しいものとして描ける人は、公立高校の受験とかしなかったんだろうか、とわりと素朴に疑問に思う。

ひどい卒業式の記憶というと中学がいちばんなのだが、高校もかなりやる気がなかったと思う。仲の良い友人と、いつものように〈王将〉に行った。その道中でわたしは、電気グルーヴのオールナイトニッポンの「あの島この島行きたいな」というコーナーがいかに好きだったかということを語っていた。さすがに大学には受かっていたので余裕はあったけれども、家からはとても遠いところにあったので、自転車通学↓二時間かけて電車通学という変化には気が遠くなるものを感じていた。とにかく、絶対に特別な話はせずに、日常をやろうとしていた。これからも、意地でも気楽な日々を続けるのだと。

学校生活に未練はない、と書いた。けれども、中学の卒業式の日には、ちょっと戻ってみたいと思っている。その時ドッヂボールをした友人たちと、今は行き来はないのだけれど、友達とやることということのはまさにあんな感じなのだろう。不安を押し殺して、もう後がないのに塾をさぼって、何かその年なりのつらい覚悟をして、げらげら笑っていたのである。苦しくて、楽しい日だった。その日一緒だった友人たちに、とても感謝している。

❖三月十五日ごろの二十四節気＝啓蟄《けいちつ》　七十二候＝菜虫化蝶《なむしちょうとなる》（青虫が羽化してモンシロチョウになる時期、の意）

ペルシャ猫とはちみつトーストとフランス・ギャルの家

季節のことば：LPレコードの日（三月二十日）

三月二十日はLPレコードの日だという。わたしが小さい頃にたくさん持っていたのは断然カセットで、レコードは持っていなかった。母親も父親も、そんなに音楽が好きな人ではなかったので、レコードは一枚もというぐらいに所持していなかったと思う。だから、レコードはわたしには縁のないもののはずなのだが、一人だけレコードをたくさん持っていた人を知っている。父方の祖母である。

八歳で父親と別居したので、父方のおばあさんとはあまり縁がなかった。呉服屋をやっていて、ときどき遊びに行っていたのだが、お店のことをしなければいけないせいか、母方のばあちゃんとよく行ったようには、買い物や食事に出掛けたということが一切なかった。お店も、子供がそのへんをうろうろしていてはいけない性質のものだったように思う。母方の祖父も店をやっていて、そこではわたしは絵を描いたり祖父としゃべったり好き勝手にやっていたが、父方のおばあさんの店で遊ぶ、ということはほとんどなかった。呉服という高価なものを扱っていたせいだろうか。呉服屋の店舗兼住宅の周辺は、特にどうということのない住宅地だったので、子供としては、商店街でにぎやかだった母方の祖父母の家の方が好きだった。

とはいえ、今考えると父方のおばあさんの家も相当興味深い。まず、ペルシャ猫を二匹飼っていた。二匹は、専用の部屋を与えられており、部屋の中心にでんと構えているせいか、のっそりのっそりと歩き回って、大変鷹揚《おうよう》に振る舞っていた。着物を取り扱っていた。彼らは、他の場所にはあまり出張していないようだったが、とにかく二匹は泰然としていた。彼らは、子供のわたしにも撫《な》でさせてくれて、すごくおとなしいのだが、もったりとした体つきや平たい顔、白くて妙に長い毛、などとやたら威厳があったので、かわいい、という感じではなかった。絵本で見る親しみやすい猫と違うな、とずっと思っていた。けれども、父方のおばあさんの家で見て以来、わたしは一度もペルシャ猫を飼っている人に会ったことがないので、あれは本当に貴重な機会だったのだ、と今は悔やまれる。父親と切れてもペルシャ猫とはつながっておきたかった。小児喘息《ぜんそく》を患っていたので、母親はその二匹の猫を迷惑そうにしていたが、わたしにはあの猫たちが、まるでちゃんとした人間の大人のように意思を持った立派な生き物として見えていた。

おばあさんは折り紙が得意だったのか、折り紙のくす玉をお店で見かけることもしょっちゅうあった。わたしも折り紙の好きな子供だったのだが、くす玉は折れなかったので、折り方を教えてくれ、と頼んだこともあるのだが、もうちょっと大きくなったら、とよく言われていた。結局、その姿を父方のおばあさんに見せる日は来なかったのだが。

　呉服屋をやっているためか、ずっと着物を着ていたおばあさんは、娘（父の姉）と同居していて、二人ともよく煙草《たばこ》をふかしていた。なのでやはり、喘息持ちの子供を父親の実家に遊びに行かせることを母親は好いてはいなかったのだが、おばあさんは、お店のことをやりながら、おばあさんなりにわたしや弟にかまってくれたように思う。ただ、そのバリエーションは母方のばあちゃんほどではなくて、常に、はちみつトーストを作ってくれるか、レコードを聴かせるかだった。コレクションというほどではないものの、かなりの枚数のレコードが家にある中、あまりおもしろいとは思えなかった童謡のLP盤をよくかけてくれたけれども、わたしは、おばあさんが「シャンソン」と呼んでいるレコードを聴かせてもらう方が好きだった。でも、今シャンソンを聴くとあの曲はシャンソンぽくない感じもするし、あれは何やったっけなあ、とずっと思っていたのだが、それらしいメロディを大人になってから耳にして、YouTubeで検索してみて曲が判明したのである。フランス・ギャルの〈夢見るシャンソン人形〉だった。懐かしかった、というより驚いた。あの家で、誰があの曲を聴いていたのだろう。おばあさんか、父親の姉か、それとも、父親が実家に残していったものだったのか。いや、外国語の歌は聴かない人だったしなあ。よもやあの二匹のペルシャ猫か？　あの猫たちのたたずまいならありうる。

単にものすごく流行《はや》ったから持っていた、のかもしれないけれども、おばあさんはどうしてわたしにあの曲を聴かせたのだろう、と思う。家に行くたびに、「シャンソン」をかけてくれたのである。レコードの束のいちばん手前にあったのだろうか？　それとも、おばあさんがあの曲を好きだったのだろうか。

おばあさんは、わたしが二十歳になる前に亡くなって、父親の姉の行方も知らない。おばあさんは、商売をしているせいか、妙にきりっとしていて、あまり感情の起伏のない人だった。怒られた記憶もないけれども、笑顔も思い出せない。けれども、今は尋ねたいことがたくさんある。猫や折り紙やおいしいはちみつトーストの作り方や、あの曲をどう思っていたのかということについて。

❖三月二十日ごろの二十四節気＝春分　七十二候＝雀始巣《すずめはじめてすくう》（雀が巣を作り始める時期、の意）

季節《ことば》の：花見

桜の哄笑《こうしょう》

一年のうち、わたしが激しい義務感に駆られて活発に動くのは、十日戎《とおかえびす》の時期を除いたら、三月の中旬から、四月の最初の二週間ぐらいである。その時期を「動く」とするのならば、それ以外の日々は停止しているようなものだ。だいたい、じゃがいものことを考え、あの試合を観るのは楽しみだけど気が重いな……、とどんよりしているだけの生物がわたしだ。だが三月も中ごろに差し掛かると、にわかに真面目な顔つきになり、背筋を正してパソコンに向かい、バチバチと勢いよくキーボードを叩いて検索を始める。桜の開花日を調べるのだ。

わたしは花見にいろいろなものを懸けている。一人でも出掛けるが、一年を通して自分が社会性を発揮できるのはこの時期だけなので、だいたいは人を誘う。そういった、大人としての自らが果たすべき役割、その一年全体の眼福、花見サイトから最良の場所を選択する自分の洞察力、もっともたくさん桜を見られるルートを作成する地理的感性など、花見を通して確認する自分の勝敗、能力値は多岐にわたる。そして毎年における「今年は早いです」からの「今年は遅いです」に翻弄され、あまり咲いていなかった場

合は出先で同伴者に平あやまりし、満開の場合は成果にニタリと口角を上げるものの、しかしこれに驕《おご》るな、もっとやれるはずだ、と自宅で自省する。ちなみに、写真もこの時期にしか撮らない。わたしのデジカメのメモリーカードには、花見の写真しか記録されていない。

　気象に影響される花見というものは、単純に経験だけで成功させられるものではなく、やればやるほどうまくなる、というわけではなくて、下手になってしまうことだってある。考えすぎて満開を外し、完璧なはずのルートでも、複数訪ねたうちのどこかはもう葉桜、ということも多々ある。花見は、レベルごとに能力値が上がるドラクエではなく、能力値が下がることもあるウィザードリィに近いと言える。

　二十代の後半まで、わたしはまったく花見に興味がなかった。そんな、気象に左右されるものなんか信用できないし、小学校の時は校庭にあったけどあんまり何も思わなかったし、どうしても桜が見たければ写真を見ればいいし、などと思っていた。浅はかだった。これが、真冬に寒いと言いながら屋外で冷たい炭酸飲料を飲むような人間の発想である。若さとしか言いようがない。誘ってもらった花見を、『ハウルの動く城』を観に行かなければいけないという理由で断ったこともある。前売り券が一枚残っていたからなのだが、なぜあの映画に二回行こうと思ったのか思い出せない。小説の投稿をしていた期間だったので、何かの勉強だったのかもしれない。

わたしが変わったのは、テレビで伊東四朗さんが「あと何回観られるかわからないので毎日花見に行っている」と発言しているところを目撃したからだ。そうか、とわたしはなぜか膝を打ち、試しに会社の近くの川沿いの桜を観に行った。これが本当にすばらしかったのだ。今考えると、そういう場所に通勤していたのはとても運のいいことだったと思う。

いったいどういう気の利いたお役人たちの会議があって計画されたのか、どこまで行っても桜並木のアーチがある様子は圧巻で、美しいとか素敵という言葉を超えていた。桜がありすぎて何も考えられないのだ。多幸感に近いけれども、そうとも言い切れず、よく言われているような、死を匂わせる気分とも違う。言うなれば、咲きすぎて笑ってしまう感じだ。これはやりすぎやで！　とつっこみつつ、そういう、ついやりすぎてしまう感じに、心からの敬意が湧き上がる。それはなんというか、ありえないぐらいおもしろい漫才を見ている時の興奮にも似ているような気がする。

もちろん桜は本当にきれいなのだが、きれいなもの以上のスケールと心意気を持つからこそ、人を惹《ひ》きつけてやまないのではないだろうか。うまくやりくりして、長くきれいでいてくれる花もあるのに、桜は短い間お互いに煽《あお》り合うようにどかんどかんと咲きまくって、その後は有無を言わせずにどんどん散っていく。そこには、泣き笑いのすがすがしさと潔さがある。あんたらアホやなあ、と思う。でもめちゃくちゃ尊敬している。

そして今年わたしは何回あやまるのだろうか。胃が痛くなってきた。戦々恐々としながら、一つでも多い花見の成功を祈っている。

❖三月二十五日ごろの二十四節気＝春分　七十二候＝桜始開《さくらはじめてひらく》（桜の花が咲き始める時期、の意）

四月の重い眠り

季節のことば：春眠

　春、特に四月はいやなものだと思う。なんかこう、にわかにむわむわしてきて、空気が生ぬるくなってくる感じがいやだし、気分もあまり良くない。生活が変わるからねー、というもっともらしい理由もあるのだろうけれども、もっと理屈では説明できない馴染《なじ》めなさがある。良いことといえば、花が咲くことぐらいで、花が咲かなければ、四月になど価値はないと断言したい。いろいろなイベントを付与されているため、なんだか一年の中でも重要な月であるかのように振る舞っているけれども、入学式とか年度始めといった要素を取り払い、花も咲かないとしたら、十一月にも匹敵するレベルのどうでもいい月なのではないか四月。いや、十一月はまだ祝日が多いし、晩秋の陰鬱さには、温かいお茶を用意したり、本格的に暖をとり始めるというような静かな楽しさもある。しかし四月。ちゃらちゃらしている。もうあんまり寒くもないし、特に用意することもない。昼間はまだしも、寒くも雨降りでもない夜中は、動きがなさすぎて居心地が良くない。春がいやなのなら、三月や五月はどうなのかというと、三月は下旬になるまではまだ冬の延長のようなものだし、五月は新緑の季節であるせいか、空気が全体的に入れ替わってさわやかな感じがする。一年の空気の濁りをもっとも溜《た》め込んだ状態、それが四月である。

四月を良く思っていない人は、表面的にはあまり現れないのだが、よくよく話を聞いていくとけっこういる（この連載の担当編集者さんもその一人だという）。特に、花粉症の人などからしたら、物理的に迷惑千万な季節であるのに加えて、わたしのように、単に気分が悪いという人もいるだろう。生活の変化も好きではないし、個人的に踏んだり蹴ったりの四月なのだが、一つだけいいところがあって、それはやたら眠れることだ。

帰宅して、どうしようもなく疲れているわけでもないのに、いろいろなことのやる気が湧かず、テレビも本も頭に入ってこず、旅番組の録画を再生してぼーっとする。いつでもそんな感じといえばそうなのだが、四月はそれが顕著である。わりと予定が入りやすい時期でもあるため、一人でいた日は極力じっとして、頭を使わないよう心がける。その後、うとうとして、いつの間にか寝入る。「春眠暁を覚えず」の暗示にかかっているのか、四月の睡眠には、他の時期にはない重さがあって、それが、寝入る前と寝ている間は心地好い。寝ているうちに、身体《からだ》が苔《こけ》むしていくような感触の重さだと思う。寝るのが好きな人には、あの、自分からどんどん小さい植物が生えてきて（菌類でもよい）、そちらに意識や体力を吸い上げられていくような感じはたまらないだろう。のしかかるようではなく、降り積もるような、春の眠りの重さである。このまま土に返れたりしないのか。しないか。起きた時の気分の悪さ、自分は起床という不自然な状態に追いやられている、という違和感も、四月は格別だ。

冬は布団《ふとん》の温かさを取り込むのに必死だし、夏は身体と敷布団の接着面すら暑苦しい。秋口も悪くないが、夏みたいに暑いなあ、と思っていたら、すぐに冬みたいに寒くなるのが秋である。なので、気温にかまわず、入眠することをもっとも純粋に楽しめるのは、春だけなのかもしれない。

ザ・ブルーハーツの〈ハンマー〉の、外は春の雨が降って僕は部屋で一人ぼっち、という有名な一節の「春」は、その後の文脈から考えて五月のことだと思われるのだけれども、わたしは四月を想像する。花見に行くようになる前は、本当に四月にはこの歌の「春」だなという価値しかなかった。今もときどき、わたしは部屋でうとうとしながら、雨が降るのをじっと待っている。ただ、桜が咲いている間は花が散ってしまうので、葉になった後に、思う存分降ってほしい。そんな配慮をするたびに、自分は気の小さい大人になったと、嘲《あざけ》るような気分になる。

❖四月一日ごろの二十四節気＝春分　七十二候＝雷乃発声《かみなりすなわちこえをはっす》（雷の音が遠くでし始める時期、の意）

地下街で迷った話をする人と

季節のことば：入学

社会人になって何が気楽って、四月から新しい学校に行くだとか、クラス替えとかがないことだ。いや異動があるんだ、という会社員の方もたくさんいらっしゃると思われるのだが、とりあえずわたしの入った会社は、異動は稀《まれ》だったたし、フリーランスになってからは、異動も何もない。三月も四月もなく、硬化した日常を淡々とこなすだけである。ただ、忙しいかそうでもないか、花見にどれだけ行けるか無理そうかということだけがある。そんなふうに書くと、あらやだ退屈なのねかわいそう、と思われるかもしれないけれども、わたしは変化に弱い人間なので、それが合っていると言える。

そういう人間からしたら、学生だった頃は四月は気の重い季節だった。クラス替えぐらいならまだしも、学校が変わる、もしくは、学校を卒業して会社に入る、なんて、苦行以外の何物でもなかった。「死にに行く」と本気で思っていた。実際、一つ目の会社に関しては洒落《しゃれ》にならない状態に追い込まれたのだが、少なくとも、中学や高校や大学に「死にに行」ったことは、そんなに悪くはなかったと思う。それでも、新しい場所に慣れたり、新しい人間関係を構築したりすることは、やっぱり死ぬことの次の次の次ぐらいには、わたしには大変だった。

特に大学への拒否感がひどかったように思う。まず、高校が自転車通学だったので、それまで電車に乗ってどこかに毎日通うという習慣がなかった。それが、自宅から二時間をかけて京都に通うのである。急激すぎる環境の変化であると言える。入学式の日に、梅田が嫌いになった。他府県の方に説明しておくと、大阪府の中心は梅田という場所で、六つの路線が乗り入れている電車の地獄のような場所だ。自宅から京都への長い道のりは、この地点を通過しないことには行けないのである。そして、誰が言い出したか「梅ダンジョン（梅田ダンジョン）」と呼ばれる、おまえはロールプレイングゲームかというほどの発達した地下街を擁し、土地勘のない人々を日々くじけさせている。くしくも、それまで梅ダンジョンなどという言葉は知らなかったというのに、大学の入学式の日から「梅ダンジョンめ」と言い出すことになった。梅田がどのぐらいの難易度なのかというと、ドラゴンクエストⅡのペルポイ～ロンダルキア間の洞窟《どうくつ》か、ファイナルファンタジーⅢのクリスタルタワーぐらいだと思っているのだが、たとえが古すぎたらすみません。それから十数年、梅ダンジョンを経由する通勤を経て、わたしはそこそこのレベルの梅ダンジョン探索者になったと思う。毎日新聞大阪本社（梅田地下街の西の果て）から、ホワイティ梅田のユザワヤ（梅田地下街の北の果て）まで、まったく迷わずに行ける。何の自慢にもならないが。

ダンジョン探索者としてレベルを上げるのは大いに結構であるが、おそらく四月の入学式やクラス替えの真価とは、そういうものではないのだろう。世の中では「出会い」とされる、人間関係の無理矢理なシャッフルこそがそれである。出会い最高！　って人もいれば、わたしみたいに、いいのも悪いのもあるからなあ、と言う人もいるだろう。生きていて、悪い人もいい人もいるように、いい出会いも悪い出会いもある。新しい人間関係がなんでもかんでもすばらしいというわけではない。長年にわたって支え合えるような相性の人もいるし、もうどうしようもない、ババとしか言いようのない関係の中に飛び込まされるようなこともある。

浮わつかずに、余計な期待はせず、粛々と過ごす……。長年の「出会わされる」理不尽の中でわたしが得た教訓は、すごく地味なそれらだった。最初のインパクトが大事なんだよ、と言う方もいらっしゃるかもしれないけれども、その振る舞い方を続けられるんならまだしも、どうせ息切れしたり飽きられたりするんなら無理しないほうがいい。粛々の状態の中にも、誰か袖振り合う人もいるだろう。そういう人を密《ひそ》かに、大事にしようと思って生きていけばいいんじゃないのか。

四月は、花見やサイクルロードレースのクラシック中継がなければ、中途半端に暖かくて忙しくて環境が変わる、いやなだけの季節だと個人的には思う。なので、「四月の自分は死んでいるのです」と思いながら過ごすのも良いだろう。その代わり、家に帰るのがものすごく楽しみになる。それも悪くない。外では、新しい環境の周囲をひたすらぶらぶらして過ごす。そこで見聞きしたものに少しでも興味を持って耳を傾けてくれる人が、おそらくはあなたの袖振り合う人だ。その人の話もただ聞いて、そうなのか、とうなずけばいい。

❖四月五日ごろの二十四節気＝清明《せいめい》　七十二候＝玄鳥至《つばめきたる》（燕《つばめ》が南から渡ってくる時期、の意）

じゃがいも師匠

季節のことば：新じゃが

最近スーパーにお手ごろなじゃがいもが積み上がっていて、ニヤニヤとそれを眺めているのだが、そうか新じゃがの季節なのか、とこの連載の編集者さんにテーマを頂戴して気が付いた。年中食べているので、じゃがいもに新しいも古いもなく、「じゃがいもはすべて尊いもの」として受け取っているけれども、今がじゃがいもにとって良い季節ならば、わたしにとっても良い季節である。

三日に一回ぐらい言ったり書いたりしているような気がするが、じゃがいもが好きだ。三度の飯も大好きだけれども、じゃがいもはそれ以上に好きだ。幼稚園の時に連れて行ってもらったマクドナルドのフライドポテトに始まり、このお肉でもケーキでもない食べ物は、さして主張しないわりにどうにも魅惑的だ、と小学生の時に考え始め、茹《ゆ》でてもよし、レンジでふかしてもよし、ぐずぐずにつぶしてもよし、というユーティリティ性、塩をつけただけでもおいしく食べられる手軽さに安心感を覚え、お肉やケーキが高くて買えなくなる日が来ても、じゃがいもだけはきっと裏切らないだろう、と思いながら生きてきた。ただじゃがいもをよく食べていそうという理由だけで、自分はドイツ人に生

まれるべきだった、と悩んだ時期もあった。

そんなお手ごろでお手軽なじゃがいもは、ただ皮を剝《む》くのがめんどうということだけが難点だったのだが、会社を辞めて自炊に切り替えたら、何の感情も持たずにそこそこの早さでピーラーを使って剝けるようになった。これでもう、わたしにとってのじゃがいもは死角がなくなってしまった。ちょっと怖いような気さえする。このままではじゃがいもばかり食べてしまうので、じゃがいもをセーブする週さえある。根が日本人なので、やはりどうも、ごはんを食べないと腹のおさまりが悪くなってくる、という事情もあるのだが、じゃがいもに特別さを付与しておきたいというもくろみもある。いつも食べているものではなく、ごほうびとしてのじゃがいも。元気がない日のためのじゃがいも。ただふかすのか、マッシュポテトにするのか、はたまたスライスして焼くのか。自分のコンディションに合わせたじゃがいも料理について考えていると、夜も更けてしまう。

わたしの人生の中での最高においしそうなじゃがいもは、小学三年の時に読んだケストナーの『点子ちゃんとアントン』で、アントンが作る晩ごはんとして出てくる「塩じゃがいも」である。この料理は、アントンの貧しい生活のディテールとしての扱いではあったが、わたしにはたまらなくおいしそうに思えた。お話の中の食べ物は数あれど、わたしにはこの塩じゃがいもと、『若草物語』のブラマンジェが双璧《そうへき》であり、人生でその二つ以上においしそうだと思うものはもう現れないと思う。

昨日の残りの冷やごはんさえなかった、あるとても陰鬱な午後、食事を作る気も食材を買いに行く気も起こらず、それでも何か食べないと仕事にならないので、なんとなく思い立って、じゃがいもをレンジでふかしてみた。その加熱時間中に、牛乳を少し加えた炒《い》り玉子を作り、同じ皿に盛った。所要時間は四分。わたしは、炒り玉子の横にじゃがいもを置いて、フォークで割りながら、これはアントンが作っていた夕食と同じではないか、とはたと気が付いた。じょじょに厳粛な気持ちになり、テレビを消して、黙々とじゃがいもと炒り玉子を食べた。べつに落ち込んでてもいいけど、やることはやらないと、と思った。アントンだって、まだ子供なのにお母さんが病気だったりして道で行商をやったりしてがんばってるじゃないか、と自分に言い聞かせたりしたわけではない。ただ何か、仕事をしていくための基本的なものを腹に収めた気がしたのだった。そしてわたしは、陰鬱なまま、自分の小説を校正する作業を始めた。

世の中に時短レシピは数あれど、アントンが作っていた組み合わせが個人的には最短である。彼は早すぎたわたしのじゃがいもの師匠なのかもしれない。

❖四月十日ごろの二十四節気＝清明《せいめい》　七十二候＝鴻雁北《こうがんかえる》（雁が北へ帰っていく時期、の意）

季節のことば・たけのこ

まぼろしのたけのこ

たけのこについて、一般の人々が考えている時間は正味のところどれだけあるだろうか？　知名度のわりに、スーパーの野菜売場ではそんなに見かけないたけのこである。キャベツやきゅうりやにんじんほど、口にすることはなかったりもする。なんだったら、パプリカやヤングコーンやズッキーニの方がよく食べているという人もいるだろう。

有名無実化も（勝手にわたしの中で）危ぶまれるたけのこ。たけのこに関する身近な話題とは何か？　えぐみが強くて、食べたらなんとなく落ち着かない気持ちになるたけのこご飯以外では、きのこの山対たけのこの里論争を思い出す。論争というか、先ほど検索にかけたら「戦争」という言葉まで出てきて物騒なのだが、実はこの一年ぐらいの間に決着がついているそうだ。勝敗は、「たけのこの里」が圧勝であるとのこと。良かったじゃないか、たけのこ、と安堵《あんど》したのもつかのま、「たけのこの里」はチョコのかかったクッキーであって、たけのこではないということに気付き、もしかしたら本家たけのこは、「たけのこの里」に普及度で負けているのではないかと更なる危機感を煽《あお》られる（ちなみにわたしは、長い間「たけのこの里」のほうが好きだったが、最近「きのこの山」に鞍替《くらが》えした。

あの軸のボリボリ感はかなり得難いもののような気がするので)。

たけのこは有名無実、と暴言とも言える論旨を展開するわりに、わたしは今年、思い出したようにたけのこにこだわっている。去年一度だけたけのこを食べる機会があって、それがものすごくおいしかったからである。花見の帰りに寄った店で食べた、焼きたけのこにしょうゆで味をつけたものが、どうもふとした瞬間に思い出される。その後、スーパーにたけのこを探しに行ったりもしたのだが、どうしても予算とたけのこの価格が折り合わない。たけのこを買うのをためらうって、どういう夕食の予算なんだよとは言わないでほしい。

この、それがどうしたという話にはまだ続きがあって、わたしはその後、四月の終わりに和泉砂川《いずみすながわ》という所に藤棚《ふじだな》を観に行って、途中で寄った八百屋さんで、価格と量に納得のいくたけのこを見つけて、即購入したのである。しかし、袋いっぱいのたけのこを持ち帰ったものの、どうしたらいいのかわからなくなり、アク抜きなどを母親に任せているうちに、たけのこは、たけのこご飯として料理され、そちらにくらくらしているうちに、しょうゆをつけた焼きたけのこへの興味を一時的になくしてしまった。そして再び、そうだたけのこ、となった時期には、またお財布にちょっと厳しい近所のスーパーのたけのこしか残っていないという状態になっていた。

そうなのだ。知名度に反して、たけのこの旬は短く、食べる機会も少ない。春の食べ物なら、いちごの方がよほど食べる機会があるだろう。まつたけも、高い高いと言われながら、その高価さゆえに気にかけられ、年に三回ぐらいは口にする機会があるだろう。しかしたけのこ。アクは抜かないといけないし、相場もわかりにくいうえ、花見の季節にふと現れ、数十日のうちに気配を消す。たけのこほど近くて遠い食材はないのではないか。

存在は知っているが意外と身近でなく、近付きすぎてもうんざりしてしまう、蜃気楼《しんきろう》のようなたけのこ。しかしわたしは、人生のかなり早い時期で、たけのこについての知識を身に付けた。幼稚園の年長組の時の五月にもらった絵本で、たけのこが特集されていたのだった。特集というか、一冊丸ごとたけのこについてである。ほかのテーマが、「パンこうじょう」とか「にんげんのからだのしくみ」であったことを考えると、いかにたけのこが大きな扱いであるかということがうかがい知れる。絵本によると、地面から突き出ている、見た目にたけのこらしいたけのこは、もう実は固くて食べられなくて、ちょっとだけ頭を出している程度のたけのこが食用になる、とのことであった。

わたしは、そのたけのこに関する本が好きで、かなりよく眺めていた。なんといっても、あの断面がすばらしいと思っていた。プレーリードッグの住処《すみか》にも匹敵する断面だろう。わたしはつくづく、たけのこが建造物ではなくて、食べ物であることを残念がった。天井の低い階が連綿と続き、高層になるにつれ狭く尖《とが》ってゆくたけのこマンション。

竹は、広さに反して天井が高すぎる感じがするので、やはりたけのこである。あんなに天井が低いと、家賃もそんなに高くなくて、二フロアを分譲してもらったりもできそうだ。よし上の階の半分を図書室にするぞ。丈夫な皮に包まれた外側は、コンクリートよりも暖かそうだ。

しかし、人はたけのこには住めない。たけのこがまた、近付いては離れてゆく。

❖四月十五日ごろの二十四節気＝清明《せいめい》　七十二候＝虹始見《にじはじめてあらわる》（雨の後に虹が見えるようになる時期、の意）

季節のことば：ぶらんこ

ぶらんことその下の石

　ぶらんこがすごく好きな子供だった、というか、だいぶいい年になった今も、隙あらば乗りたいと思っている。子供の頃の趣味は、読書と自転車に乗ることとぶらんこだった、といっても過言ではない。

　ぶらんこはとても楽しい。座って思い切り後ろから人に押してもらうのが好きなのだが、立ちこぎで限界までこぎまくったのち、おごそかに座って、ぶらんこに乗っていない時には見ることができない別の世界を見るのも劣らず楽しかった。遠心力の手に体を預けつつ、目まぐるしく風景が遠くなったり近くなったりするのを凝視しながら、自分の体が空気をかき回すというあの体験は、大人ならばエクストリームスポーツぐらいでしか体験できない強烈なものなのではないか。子供はそれを、ぶらんこでお気軽に毎日でも楽しめる。ぜいたくだったな子供の頃は。

　小学一年の二学期から、三年の一学期まで住んでいた団地には、ある会社の社宅が隣接していて、どちらにも公園があり、ぶらんこもあったのだが、わたしは自分が住んでいる団地の方ではなくて、社宅の方のぶらんこが好きだった。今考えると、社宅に住む人たちは苦々しく思っていたのではないかと不安になるのだが、子供には団地の公園も社宅の公園も同じ公園なので、テリトリーの意識はなく遊んでいた。

社宅の公園のぶらんこの方が好きだったのは、団地のぶらんこより大きかったからだと思う。ただ、大きなぶらんこにはトレードオフの要素があって、近くに桜の木がたくさん植わっていたのである。え、桜があるならきれいだしいいじゃないかって？　いやいや。その社宅の桜の木々には、毛虫がついていたのだった。わたしは直接毛虫の害を被《こうむ》ったことはないのだが、たとえば、すべりだいをすべっていて毛虫をしりでつぶしてしまうとか、ぶらんこをこいでいる時に腕に毛虫が落ちてくるだとかいった想像は、わたしを含めた社宅の公園で遊ぶ小学生たちには、恐怖でしかなかった。大人になった今でも、書いていてちょっとぞっとするものがある。

なので、その社宅のぶらんこには、子供が集まる繁忙期と、誰一人寄りつかない閑散期があった。桜の木に毛虫がいる夏は言うまでもなく閑散期で、秋になるとおそるおそる子供たちが周囲に戻り始め、でも冬はあまりにもぶらんこの鉄の鎖が冷えてこぐ気にもならず、そして春は取り合いである。

余談だが、実は小学二年の頃、その社宅の桜が風に散って、地面の上で渦を巻いている様子をテーマに、きわめてセンチメンタルな詩を書いたことがあるのだが、わたしの書いた文章を母親がほめてくれたのは、人生であれが最後のような気がする。

わたしの小学校低学年期における記憶の二割ぐらいは、ぶらんこ関係のことだと思う。ぶらんこが楽しかった。何々ちゃんはぶらんこをよく押してくれてとてもありがたい人だった。ぶらんこから落ちて膝を擦《す》り剝《む》いた。ぶらんこから落ちて真下に埋まっていた石で頭を打った。ぶらんこの近くで遊んでいてぶらんこ自体で頭を打った。特に、ぶらんこの真下の石で頭を打ったのは異常に痛かったので、今もその石がどんな石だったかを覚えている。真っ黒でなめらかな大きな石だった。どうしてそんな石があったのだろう。何か、調子に乗りすぎるなよ、という戒めを想起させる、威厳のある石だった。よくそれだけ頭を打っていて死ななかったなとも思う。体験のエクストリーム性も併せて、よく考えたら、相当ハードな遊具なのではないか。

いや、にこにこ笑いながら、穏やかにぶらぶらこぐなど、ソフトな遊び方もできたのかもしれないが、わたしにとっては、ぶらんこをリラックスしてこぐなんて、時間の無駄でしかなかった。ぶらんこに乗ったからには、いつも本気だった。ぶらんこは、そのポテンシャルを最大に引き出さんばかりに必死で接したならば、自分の感覚を非日常の域まで拡大してくれる、魔法の遊具だった。だからこそわたしは、あんなに頭を打っても、膝を使いまくってぶらんこに乗り続けたのだと思う。

ぶらんこで一回転することが夢だったが、実現しないまま大人になってしまった。そのことを今も悔やんでいる。そして桜が散る時期になると、自分がなぜか詩を書いたことと、それに引きずられるように、あの社宅のぶらんこと、その下に埋まっていたなめらかな黒い石のことを思い出すのだ。

❖四月二十日ごろの二十四節気＝穀雨　七十二候＝葭始生《あしはじめてしょうず》（葦《あし》が生え始める時期、の意）

季節《きせつ》のことば：藤

藤棚に入る

ここ数年は毎年、京都の鳥羽《とば》水環境保全センターの藤棚を観に行っている、と書いて、さっそく書くんじゃなかったと思う。正直、藤を観ることが桜を観ることのように広まってほしくないからだ。花というと人は詰めかける。そんなもんかなあと思われる向きもあるかもしれないけれども、ある年齢を超えたら、人は花が好きになってしまうことは間違いない。桜に限らず、つつじ、あじさい、ゆり、バラなど、さまざまな花見イベントが一年のうちに点在する中、やっぱり抜けてるなあ、と思うのは、桜以外では藤である。

藤の良さをざっくり言葉にすると「中に入れる」。意味わからんなと思われるかもしれないけれども、藤棚の下を歩いていると、本当にそんな気持ちになる。あの、比較的高くはない棚から、無数の藤がさらさらと咲いているのを眺めながらゆっくり歩いていると、夢のようとはこのことかと思えてくる。桜も、枝の張り出した並木道は天井が桜になったような気分にしてくれるのだが、藤はもっと静かに、ほとんどこちらの気持ちを煽《あお》ってくることなく咲いている。どれだけたくさんいっせいに咲いていても、どこかつつましい感じがするのが藤なのだ。

鳥羽水環境保全センターの藤棚も見事なのだけれど、初めて藤を観に行ったのは、大阪府泉南《せんなん》市の和泉砂川《いずみすながわ》にある藤棚である。インターネットで検索すると、「梶本《かじもと》様宅」という名前が出てきたりする。「平成の花咲爺《はなさかじい》さん」とも呼ばれる梶本昌弘さんが、自宅の藤を公開したため、梶本様宅なのだ。「公開した」と過去形なのは、梶本さんがすでに故人であるからで、現在は「藤保存会」がその遺志を引き継いで、和泉砂川の藤まつりを開催している。わたしはずっと前にこのお宅と梶本さんのことをテレビで拝見していて、藤を観に行きたいなあ、とある年思い付いた時に、真っ先にこちらに出かけることに決めた。

とても普通の住宅地に、藤が山ほど咲いている。路地という非常に日常的な空間が、藤棚に覆われて紫色に染まっている様子はとても美しかった。その下を、普段着に近い人々がにこにこと穏やかに行き交う。藤の近くによくいるクマバチも、なんだかぼんやりゆるゆると飛んでいる。人間なんかどうでもいいわけだ。こんなに藤がたくさんあるのだから。

和泉砂川の藤棚のすごいところは、藤棚を上からも見渡せることだ。ごく普通の民家の屋根の上に上り、周囲を埋め尽くす藤の花を下に眺める。藤は、ほとんどの場合頭の上に垂れ下がっているものだから、これは非常に貴重な体験だと思う。一緒に行った友人と、ぼけーっと足元に藤が広がるという光景を眺めながら、楽園のようですなあ、と言ったとか言わないとか。

こんなふうに書いていると、毎年お世話になっている鳥羽水環境保全センターの自慢もしたくなってくる。こちらも、長い藤棚のアーチがすばらしく、歩いているだけで自分の頭の中がきれいになっていくような素敵な場所である。ところどころアーチが途切れていて、その場所をつなぐように咲いている藤がわたしの肩ぐらいのところまで垂れ下がっているため、藤を頭でかき分けるように進むという、やはり貴重な体験ができる。

ある年は、雨降りの中で藤を観に行ったのだが、晴れの日にも劣らないほど、というか、晴れの日よりも藤がきれいに見えた。アーチの歩道の終点がウッドデッキになっていて、もちろんその天井もすべて藤棚なのだが、濡れたウッドデッキに藤が映って紫に染まっている様子は、自分がそれまで見た風景の中でも五指に入るような美しさだった。かわいい花、すてきな花、いかめしい花、景気のいい花。花にはいろいろあって、わたしはそのほとんどを楽しむ。けれども、いちばんきれいな花は藤だ。これはもう決まっている。

❖四月二十五日ごろの二十四節気＝穀雨　七十二候＝霜止出苗《しもやみてなえいずる》（霜が終わり稲の苗が育ち始める時期、の意）

季節のことば：ゴールデンウィーク

非成果主義的GW

会社に入って、夏休みも春休みも冬休みもなくなってしまった人々にとっては、まとまった休みというと、ゴールデンウィークとお盆休みと正月休みが頼みの綱なのではないか。なのではないかって、実際わたしも二〇〇一年から二〇一二年まででそうだったのだが、個人的には、九月から十一月にかけて散見される祝日もよろしいことを書き加えておく。土日と祝日を有給休暇でつないでみよう。おお、連休だ、うれしい。……有給休暇妄想に浸ってしまった。今のわたしにはそんなありがたいものはない。フリーランスになって、会社に行っている時よりもそりゃ時間はあるし、体を休める機会もあるけれども、だって会社員だもの、という安心感がなくなってしまった今、世間が休みの日にも仕事をしていることは多い。会社員だった頃は、日曜から木曜までしか文章を書かなかったのに、今はほぼ毎日なにがしか書いている。

そんなわたしの愚痴はどうでもよく、連休界の横綱はやはりゴールデンウィークである。みんなうきうきと旅行に行ったりするのだろう。しかしわたし自身には、ゴールデンウィークにあそこに行った、ここに行った、という実績はほぼない。ここ数年で覚えているのは、自宅からかなり遠いＩＫＥＡに自転車で行こうと決意したのに、道に迷ったことぐらいである。大阪のＩＫＥＡは、木津川《きづがわ》という川の向こうにあるのだが、その川沿いの風が異常に強くて、五月だというのに「寒くてつらいのでこれ以上迷ったら遭難する」という理由で、家の近所のスーパーにだけ寄っておめおめと帰った。ほかは、ゴールデンウィーク中の昼間に毎日『相棒』の二時間スペシャルをやっている年があったので、たぶん全部観た、と連休明けの出勤日の昼休みに、同僚さんに話したことが思い出される。『相棒』を観ながらわたしは、パソコンのブラウザで、ひたすらお客さんをテーブルにつかせて料理を運ぶ、というだけのゲームをしていた。さすがに夜は、友達と食事に行ったり、文章を書いていたと思う。

子供の頃は、休みというだけで、友達と遊んだり読書をしたりゲームをしたり、いろいろなことをやって楽しかったので、テレビなどで見る、やたらに海外に行ったり、遊びに行って渋滞に巻き込まれたりする人たちの気持ちがわからなかったのだが、あれはたぶん、自転車でＩＫＥＡに行けなかったり、テレビを観ながら二時間以上ブラウザゲームをしたりして、いったいこの休みは何だったんだ？　と愕然《がくぜん》とすることを防止するためだろう。休みに対する成果主義を突き詰めると、海外旅行に行きつくのではないか。

ただ、ほぼ毎日何らかの作業を残している身になってみて、何だったんだ？　という現象は、本当に良くないのだろうか、というようにも考える。個人的には、「意味のないことに耐えられない」という心の状況が、なんだか苦痛だ。ぼけっとテレビを観ているようで、編み物や針仕事をせずにはいられなかったり、それらの負荷が大きいなら、片手間にやっているビルを造るアプリを見張ったり、語学のテキストをちょろっと読んでみたりする。何か微小なことでも、成果の出ることをやりたいのだ。だめだなあ、と思う。そういう時は、無性に電車に乗りたくなる。ひたすら景色が見たい。べつにいい景色じゃなくていい。流れていくものをただ眺めたいのだ。

子供の頃の時間は、電車の景色のようだったと思う。もうちょっと意味のあることをしたい、とあがくのではなく、ただ、起こることを受け入れて楽しんでいた。こどもの日に、子供の頃の自分が何をしていたのか、わたしはほとんど思い出せない。ただ、五月人形が部屋に飾ってあって、おやつを食べて、おもちゃを買ってもらって、近所の友達と遊んで、楽しかったな、と思う。今はもう子供ではないのだが、こどもの日は、こどもの日というだけでなんだか楽しい。柏餅を食べられることもうれしかった。すごくおいしいと思っていたわけではないのだが、あの、葉っぱを剝《む》いていくとお餅が出てくる、という状況を純粋に楽しんでいた。

大人になると、意味のないことを楽しめなくなるのを感じる。でもどうだろう、柏餅の葉をめくること自体が楽しかった、という気持ちを思い出したい。今年のゴールデンウィークは、柏餅を買ってきて、お茶を淹《い》れて、窓を開けてぼうっとしよう。

❖五月一日ごろの二十四節気＝穀雨　七十二候＝牡丹華《ぼたんはなさく》（牡丹の花が咲く時期、の意）

◇春から夏へ

季節のことば：自転車の日（五月五日）

自転車の頃

五月五日は、こどもの日であると同時に、自転車の日でもあるらしい。子供と自転車は親和性が高いので、まったく違和感なく、自転車に乗っている子供のことが頭に浮かぶ。たまに怖いんだけれども、自転車に乗っている子供。なんというか、自分の脚で苦もなく自由に速く走れる、ということに、あまりにも興奮して身体《からだ》を預けすぎていて、びっくりするほどスピードを出し、危ない運転に興じている子がよくいる。でも、腹が立たないというか、ただ仕方ないなあ、という気分になる。自分も自転車を与えられた時の万能感をよく覚えているので、自分の脚で徹底的にスピードに乗っていきたい気持ちは理解できる（ただし、自転車に乗ってスマホを操作しながら、我が物顔で道を蛇行しているような大人は本当にみっともないです）。

自転車については、どこから話し始めたらいいかわからない。わたしは毎日のように自転車に乗っていて、テレビでもサイクルロードレースの番組を観るのをとても楽しみにしている。子供の頃も学生の頃も、会社に行き始めてからも、そして今も、自転車は生活に欠かせない。二年前に、それまで乗っていたママチャリを無断駐輪していたために撤去されてから、近所にはできるだけ徒歩で出かけたり、散歩にもよく行くようになったのだが、歩くことによる気持ちの浄化の作用に気付くにつれ、不思議なことにますます自転車への思い入れも高まっている。運動が好きとはとてもいえない人間だけれど、脚を使って動くことはかなり好きなのだと思う。徒歩には徒歩の、自転車には自転車の良さがあるのだが、気持ちがふさぎ込んで苦しい時は、なんといっても自転車に限る。普段使いのママチャリを失って、ガレージに入れたままにして大事にしていたクロスバイクに乗り換えたことによって、自転車に乗ることの質が上がったのかもしれない。

幼稚園の年長さんのあたりから乗っているので、もう三十数年自転車にはお世話になっていることになる。それぞれの年代の自転車の乗り方があったと思うのだけれど、高校が自転車通学であったことが大きかったように思う。他の生徒が電車に乗って学校に来ることによって、大人への階段を上るためのある種の社会性を身に付けていったのに対して、わたしはただただ毎日ものすごい速さで、駅から校門に向かう彼らを追い抜かして自転車で走っていた。今でもそのことは友人の話題にされる。風のようだったらしい。放課後は自転車に乗って難波《なんば》や心斎橋《しんさいばし》や通天閣《つうてんかく》や電気屋筋（日本橋《にっぽんばし》のこと）に遊びに行った。今考えると、非常に充実した自転車通学生活であったと言える。そうやって自転車通学には長《た》けていったものの、電車の乗り方はほとんどわからなかったので、いきなり京都の大学に行くことになった時には往生した、ということは前に書いた通りだ。

当時はもう、身体の動くままに元気に自転車に乗って楽しんでいたのだが、今は元気が出ない時こそ自転車に乗るようにしている。自分の部屋でどうにも気分がふさぎ込むと、とりあえず自転車に乗ればましになる、とばかりに出かけてゆく。自分の部屋には何の解決もなくて、自転車にはそれがある、という頭の中の取り決めがつくづく不思議に思える。自転車はそんなに万能なものではないし、自転車に乗ることもまた現実なのに、わたしは何かというと仕事をリュックに詰め込んで、自転車に乗って、ちょっと遠くまで走っていく。出先で作業をこなして、またびゅんびゅん走って帰ってくると、出口のない気分は少し何とかなっている。単に作業を片づけたせいもあるのだろうけれども、作業をしようという気持ちになれるのも、往路で自転車に乗ったからだろう。

ディセンデンツに〈Bikeage〉という有名な曲がある。自分の『ミュージック・ブレス・ユー!!』という小説の冒頭でも引用した。このタイトルは「自転車の頃」と訳したらいいのか。知り合いの女の子が麻薬中毒になって体を売ったりしているのを、語り手の少年が「おれは君を使わない」となすすべもなく見つめながら、でも君が必要なんだと想っているというような内容の曲である。重くシビアな歌詞にもかかわらず、曲はとても軽快で明るい。語り手の年齢はわからないけれども、女の子は十五歳で、曲が収録されているアルバム『Milo Goes To College』は、曲を作ったビル・スティーヴンソンが十九歳の時にリリースされたので、〈Bikeage〉とは、おそらくそのへんの年齢のことを指すのだと思う。わたしがディセンデンツをよく聴くようになったのは、二十代も後半の頃からだったが、この無力感と痛切さは本当によく理解できる。手に取るようにわかると言ってもいい。そんなものはわたしの主観にすぎないとしても。

ままならない現実を乗せて、時と澱《おり》を振り払いながら走る。自分にとって自転車に乗るということは〈Bikeage〉という曲そのもののあり方にとても似ている。自転車に乗ると、自分が何者であるかを忘れて、何者でもなかった頃に戻るような気がしてくる。そこには、自分の部屋が溜《た》め込んだ複雑さから逃亡して、身一つで空気の中に投げ出されることの、ほとんどやけといっていい爽快さがある。だからどうしても、自転車ですっ飛ばす子供たちにえらそうに「やめろ」とは言えないのだった。

❖五月五日ごろの二十四節気＝立夏　七十二候＝蛙始鳴《かわずはじめてなく》（蛙《かえる》が鳴き始める時期、の意）

寿司とカーネーション

季節のことば：母の日

そろそろ母の日だそうだ。そうか、と他人事《ひとごと》のように思う。商戦のようなものもある。世の中では、お花をあげたり、洋菓子を買ったり、一緒にいいところに食事に行ったり、女性らしい雑貨や小物を母親に献上するようなのだが、よく考えたら、そういうサイトやカタログをまじめに見たことはない。母親に、「母の日なのだが何か欲しい物があるか？」と尋ねるとする。すると母親は「回転寿司を食べに行くので五千円で良い」と答える。わたしは財布から現金を出して渡す。同席してごちそうするわけではなく、母親は、回転寿司に一人で行く。わたしと一緒に行くと気を遣うからだと思う。母の日商戦がかもし出す全体的なうふふ感と比べると、あまりにも情感がないのだが、本人の第一希望がそれなので仕方がないのだった。

そんなかっさかさの母の日が続いているこの十数年のような気がするが、こんな親子にも、一応ちゃんと世間並みの母の日のようなことをしている時代はあった。幼稚園児だった頃は、ちゃんと幼稚園の先生に教わって、それらしいペーパークラフトのようなものを作っていた記憶がおぼろげにあるし、小学校低学年の頃もそうだった、ような。

初めて、自分のおこづかいを使って母の日を実践したのは、小学二年の時だったように思う。ハンカチをあげた。水色の地に、白い水玉模様で、たぶん百円か二百円ぐらいのものだった。「お母さんにものをあげる」という行為は、基本的に親からもらいっぱなしの子供からしたらものすごく珍しい、少しだけ大人になったような気分を味わう経験で、売り場のおねえさんには、たくさん相談にのってもらい、とてもわくわくしたことを覚えている。おねえさんに予算を言う。するとおねえさんが、こういった商品があるよ、と提示してくれる。わたしは、その中のものを真剣に検討する。なにかとても幸福な記憶である。

現在は、もらえるなら一人回転寿司代が良い母親だが、当時はそのプレゼントをとても喜んでくれた。わたしも鼻が高かった。しかし、小学校低学年とその母親というのは、お互いの不都合なことも筒抜けな具合に密着しているもので、わたしは、母親が団地の集会所でもらったすももを包むためにそのハンカチを使い、果皮や果汁で汚してしまったことを知っている。その後、ハンカチは洗濯されたけれども、そのしみはわりとしつこくてとれなかったことも覚えている。わたしは、なんというか、怒ったり悲しくなったりはしなかったけれども、おお、おお……、というとても複雑な心持ちで、その出来事を見守っていた。ハンカチは実用品だから、そりゃすももを包んで汚れたりもするだろう。しかしそれは想定外の激しい汚れであった。あの「泣くに泣けない感じ」は、確かに大人のものである。

その次の年からは、おそらく無難にカーネーションを一輪とカスミソウを少し、みたいな花束をあげていた。花屋に行くたびに、「カスミソウが高い……」と落ち込んでいた記憶がある。さらに年をとったわたしは、反抗期っぽくなり、母の日に何もせずともどうってことない、と開き直り、月給取りになってからは、回転寿司の代金を立て替えるようになり、そのまま現在に至る。今年も回転寿司なのか。というか、母親の誕生日にも、回転寿司のことを言われたような記憶がある。

カーネーションというと、小学生の頃に使っていたジャポニカ学習帳の豆知識のページで読んだ、赤いカーネーションと白いカーネーションの使い分けのことをいつも思い出す。赤いカーネーションは、生きている母親に贈るもので、白いカーネーションは、亡くなった母親に捧げるものだという。わたしの年齢になると、近しい人のお母さんが亡くなったという話もときどき聞くようになった。わたしの母親はまだ生きていて、日々おかきやおせんべいのたぐいを溜《た》め込み、録画したドラマなどを観ながら居眠りをしている。赤いカーネーションを贈れることに感謝したい。今年は、回転寿司代と共に、赤いカーネーションを渡してみようと思う。

❖五月十日ごろの二十四節気＝立夏　七十二候＝蚯蚓出《みみずいずる》（みみずが地上に出てくる時期、の意）

花咲く通学路

季節のことば：五月病

五月病に毎年かかる方もいることと思う。会社にも学校にも行っていない今だけれども、ゴールデンウィークが明けたら締め切りがあるし（ものすごくありがたいことなのだが）、また登校か、出勤か、という人々のつらさが本当によくわかるので、会社に行っていた頃と変わらず普通に憂鬱である。

五月病？　何それ？　というぐらい、日常生活を愛せたらいいのだけれども、出勤はまだしも、登校が楽しかったという日々すらも遠く思える。自分に五月病のなかった日々は存在するのか？　たぶん、小学一年の一学期まではそうだったと思う。団地の集団登校仲間のしがらみがあったり、妙に細かいことにうるさくて暴力的な男子がけっこういた二つ目の小学校と比べて、小学一年の最初の四か月だけを過ごした小学校には、いい思い出しかないのだった。

私服だったし、一学年が五クラスぐらいある大きい学校だった。諸手《もろて》を挙げて、いい小学校だった、というよりは、悪い面を見つける時期になる前に離れてしまったと言うべきかもしれない。毎日一緒に下校していた友人は、路上の花を食べる人だった。彼女がそのへんの植え込みのつつじの花の蜜を吸っていたのは、五月のこの時期だった。彼女は驚くほどうまく蜜を吸っていたのだが、わたしは花の摘み方もわからなかったし、どれだけ教えてもらっても蜜が吸えるように摘めず苛立たせたりもしたので、しまいに彼女があらかじめ摘んでくれたもののおこぼれにあずかったりしていた。一月生まれのわたしより、だいぶ早く生まれた人だったので、基本的にはおねえさんのような立場の人だった。今も反射的に、つつじがたくさん咲いているのを見かけると、彼女的には入れ食いだな、と思う。もちろん、わたしの同級生なので、だいぶいい年の女性になっているはずであり、どちらかというと、子供さんに花を食べないでと注意する立場のほうが妥当なわけであるけれども。

友人が花を食べたくなるぐらい、通学路に花が咲いている場所が多かったというのもあるのだが、他にも、学校の近くに丘のような場所があって、野の花や野草が多数自生していた。タンポポやレンゲソウやシロツメクサといったメジャーどころはもちろん、ナズナ、カラスノエンドウ、オオイヌノフグリ、ハルジオン、ヒメジョオン、スズメノテッポウ……、と花や野草の名前がえんえんと出てくることに自分でも驚く。スズメノテッポウなんて、物心ついてから発音したことがないぞ。大阪の人に、円広志《まどかひろし》による『探偵！　ナイトスクープ』の主題歌〈ハートスランプ二人ぼっち〉を歌ってもらうと、生まれて初めて歌ったという人でも、自分でも不安になるようなところまで歌えてしまうという現象にも似ているような。いや似てないか。春の野草については、小学一年の一学期の、最初の理科の時間に学んだという記憶がある。人生でもっとも野の花が身近にあったのが、あの時期ではないのか。

五月のいい時期になると、ときどき、もう一回あの小学校に行きたいなあと思うことがある。ぼんやりと思うだけではなくて、おそらく、現時点でやりたいことの二十位以内に入っているから、なんだかシビアな話である。友達と別れることになった、という悲しさもあるし、給食がおもしろかった。ゼラチンの入ったミックスと牛乳を混ぜて、ババロアみたいなものを作って食べたことを強烈に覚えているのだが、その後通った小学校で、そういったものが出てきた記憶はない。六人きょうだいの五人目の女の子と仲良くなったりもした。だから長年、四人姉妹の四番目の女の子と友人でも、そのきょうだいの中での立ち位置について、少しも珍しいと思ったことがなかったのかもしれない。

帰り道に花を食べる友人の正体も、ぜひ知りたかった。わたしの記憶の中の彼女は、永遠に小学一年で、前世はチョウかミツバチだったんじゃないかというほどの手練《てだ》れだった。不意に断たれた物心がつく前の友情は、いつまでも美しく、そして不思議だ。

❖五月十五日ごろの二十四節気＝立夏　七十二候＝竹笋生《たけのこしょうず》（たけのこが生えてくる時期、の意）

季節のことば：薔薇《ばら》

薔薇との距離感

薔薇って書けますか？　わたしは書けない。あまりバラという花に思い入れがないからだろうと思う。書こうと思ったことさえない。これ明日のテストに出ますから、と言われても、勉強を後回しにして結局覚えない、という処遇にしてしまうだろう。「薔」も「薇」も画数が多くて相当バラ感あるよな、ということだけはわかるな、というところで蓋をする。しかも悲しいお知らせなのだが、調べたら「薔」は「ば」とは普通読まないようだし、「薇」も「ら」の読み方では使わないようだ。それぞれ、「ショウ、ショク、ソウ、みずたで」「ビ、ぜんまい」などと読むそうで、基本的には「薔薇」を「ばら」と読むのはバラの花のことだけのようだ。大変な特別待遇ではある。「薔薇」は「しょうび」と読んでもいいようである。「薔」は高笑いをしている人のイメージもよぎる。オホホホホ、って感じだ。そうやって少しでもバラと自分の距離を縮めてみようとするのだが、依然わたしの気持ちは遠巻きなままだ。

わたしがどうもバラに距離感を感じている、ということはおわかりいただけたかと思うのだが、それはわたしの家族も同じなようだ。わたしが最初に暮らした家の庭には、バラが植わっていたのだが、その家に暮らしていた数年間を通して、バラを見かけたのはバラの咲く時期に毎年一輪きりである。庭のことをやっていたのは主におじいちゃんだったが、どうやらおじいちゃんはバラにはあまり執着がなかったようだ。母親も、バラにはあまり興味がなくて、キンモクセイやクチナシが好きだったように思う。園芸界のことはよく知らないのだが、バラ派に対抗しうる勢力があるとすれば、それはラン派だろう。おじいちゃんは断然ラン派だった。ランは今も母親の手によって育てられている。わたしはランの良さもいまいちわからないので、うちの家系におけるランを育てる習慣は、このまま継承されない可能性が高い。

とはいえ、ランはやはりややマニアックで、バラの方がぜんぜんメジャーだと認めざるをえない。バラはメジャーなうえに、なんだかすごく特別扱いされているように思える。花弁がすごく複雑だからか。パンジーがプリントTシャツだとしたら、バラはオートクチュールのドレスであると言えよう。実はわたしはパンジーの方が好きなのだけど。バラを好きだと言うのは、わたしにとってはなぜだか勇気のいることだ。なにか花にも、キャラクターだとか分相応という感覚があって、バラは自分からは遠いものだ、と思ってしまう。

そんなわたしだが、バラが好きな友人がいる。アクセサリー制作が趣味の彼女のバラへの信頼をあらわすエピソードに、新卒の就職活動でストレスが溜《た》まりきっていた時に作っていた、すごくごつくて華美なチョーカーに「血と薔薇」という名前をつけていたというものがある。それは本当に豪華な代物だったので、今もたまに「血と薔薇」を見せてくれ、と友人にせがむ。友人はその後もアクセサリーを作っているが、「血と薔薇」を超えるアグレッシブな作品はないと思う。そのぐらい、友人は疲れていたのだろう。

バラに対して遠巻きな態度をとり続けるわたしだが、春と秋の年に二回ぐらいバラ園に出掛けることがあって、一緒に行くのはその友人である。わたしは、桜の自暴自棄と言っていい景気の良さに慣れているため、バラの「一輪一輪ちゃんと見てちょうだい」というような昂然《こうぜん》とした態度におののきつつ、うぅむよくできているな、と感心しながら見て回る。じっと見ているうちに、改めて、よくこんな複雑なことやるよな自然、という気分になってくる。その友人とバラ浸けになっているうちに、親近感はわかないものの、とりあえず、尊敬の念は芽生えてくる。

わたしは桜と藤が好きなのだけれども、彼らは小さい花の集合がいっせいに咲くことによってスケール感を出すことに成功している。しかしバラは、一つ一つの花で真剣勝負をしている。そこに自分は距離を感じるのかもしれない。すみません、わたしは満開の花木の下で、うひょーとか言いたいだけの人間なんです、すみません。バラはど派手な花だが、同時に緊張を強いる静のニュアンスを持った花だ。しかもトゲまである。やはりどう考えても、何か「花」の範疇《はんちゅう》を超えているように思える。

わたしがバラに気軽に接する日は来るのか。それはわからないけれども、「ガンズ・アンド・ローゼズ」と並立させるよりも、「ザ・ストーン・ローゼズ」と石化したバラを思い浮かべる方が美しい、ということは三十歳を過ぎてからとみに思うようになってきた。花の美しさが自分の中に入ってくる感じと、言葉の感触を十全に受けとる感じは比例するのかもしれない。

❖五月二十日ごろの二十四節気＝小満　七十二候＝蚕起食桑《かいこおきてくわをはむ》（蚕が桑を盛んに食べる時期、の意）

衣替えと他人

季節のことば：衣替え

衣替えの季節なのだが、四月から五月のあたまにかけて、寒暖差がひどい日々が続いたので、どうも潔く実施に踏み切れないものを感じる。最高気温と最低気温が、平気で一〇度とか違うのだ。一二度なんていう日もけっこうあった。昼間、ほんとにもう暑いなあ、と半袖でいると、夜にがたっと寒くなる。春なのに、夜中は冬用の綿入れのような上着を着て、室内用の靴下を三枚重ねて履き、レッグウォーマーも二枚身につけているという真冬装備で仕事をしていることもよくあった。

昼夜の寒暖差も大変だが、日々の温度差もかなりひどい。大阪では、五月なのに気温が三〇度を超える日があった。おかしい。外が三〇度超えなら、大きな窓が二方向にあるわたしの部屋は、三二度とかになる。それは五月ではなく夏の気温だ。それでも夜は律儀《りちぎ》に肌寒くなってくるので、Tシャツ↓五分袖のシャツ↓寝巻きみたいな感じで一日に三回ぐらい着替える。風邪をひけと両肩をつかんでがくがく揺さぶってくるような気候である。

そういえば、二〇〇五年の五月の連休明けに、太宰治《だざいおさむ》賞という小説の新人賞を、「いただきましたよ」という連絡を受けた時は、三月からえんえんとひいていたひどい風邪のせいで、声がほとんど出ていなかった。どのぐらい出ていなかったかというと、通常時が「一〇〇」とすると、「八」ぐらいしか声が出せなかった。しかも、粗くみじん切りにして天日に干して油は加えずからっと炒《いた》めましたという感じのげしげしした感じの声で、もう二度と声は自由に出せないかもな、と諦めていた。あまりにひどいので、歌ばかり歌っていた。ひどすぎて自分一人で爆笑していた。

その時の風邪は、結局六月まで続いたので、今どれだけ自分の部屋が三二度になっても、どうしても、ストーブもレッグウォーマーもしまうことができない。何かあったら、と思う。いや、寒さが怖いのではないのだ。冬は一貫して寒いので、毎日の対策がぶれず、むしろ好きなぐらいなのだけれども、四月から六月にかけては、暑いな、と思っていたら、いきなり予想だにしない寒い時間が訪れる。

たとえば雨。高校の時は私服で、六月に半袖を着ていたら、三時間目から雨が降り出してめちゃくちゃ寒かったということを異常に覚えている。なんかもう、記憶にある、というレベルじゃなく、今はもうない古い校舎のホールでガタガタ震えながら、事務室の窓口に何かを提出するために並んでいたとか、その時の風景ごと覚えている。そのぐらい寒かった。だから、梅雨が明けるまでは油断できないのだ。いつ、ヘラヘラ外を歩いていたらざっとやられて、家に逃げ帰ってカーボンヒーターの前でうずくまることになるともしれない。だから七月になるまではレッグウォーマーもヒーターもしまわないぞ。

小学一年の二学期から小学六年までは制服の小学校に通っていて、衣替えですよ、というおふれを学校が出して、それでなかば強制的に上着を着るのを禁じられたりしていたと思う。でも不思議なのだが、冬に半袖はOKでも、梅雨に入っても上着を着ていた同級生の記憶はない。子供同士の間でそういう同調圧力でもあったのか、もしくは先生の許可が下りなかったのか。なんにしろ、あれはあれでらくだった、というのと、よくなかったな、という感想が半々である。もういいかげん上着を着たいのに、なかなか上着着ていいよと指示されない時は本当につらかった。わたしの通っていた小学校は、なぜか冬場に体操服の長ズボンを穿《は》いている男子が何人かいたのだけれど、そんな女子はひとりもいなかったので、それもなんだか性差を感じさせられて悲しかった。

小学校の先生が判断すると、生徒が震えてるのに半袖、自分自身に判断させると、七月までレッグウォーマーしまわない宣言、と衣替えはどんな年齢になっても物議をかもすものである。そこには、四季と共に移り変わる気温と、意外とでたらめな自分自身の体感と、自分よりベターな格好をしている人を見つけた時のこみあげるようならやましさとの格闘がある。

春から夏への衣替えの話ではないけれども、会社にいた頃、晩秋から冬にかけて、わたしの防寒が度を越し始めるということで、毎年エレベーター内での部長の揶揄《やゆ》の対象になっていた。曰《いわ》く、わたしが防寒に精を出し始めると、そろそろ寒くなってきたんだな、と感じるそうだ。暑いとちょうどいいと寒いが入り交じる今、部長はどのように感じ、何を指標に身支度をしているのか訊《き》いてみたいと思う。

❖五月二十五日ごろの二十四節気＝小満　七十二候＝紅花栄《べにばなさかう》（紅花が盛んに咲く時期、の意）

季節のことば：？？

六月からが本編

この連載は、七十二候《しちじゅうにこう》について書くというものなので、いつかこんな日が来るだろうと思っていたのだが、ちょっとびっくりするぐらい書くことに困った今回だった。いや、担当編集者さんは、いろいろとテーマを出してくださってとてもありがたい。紫陽花《あじさい》、新茶、電波の日、田植えなどをこのたび提案してくださったのに、わたしは、それぞれの主題に対して、「新茶……。紅茶ばっかり飲んでるんで考えたこともなかった」とか、「あじさいの花壇といえば、小学生の頃に読んだ推理クイズの本で、夫が妻を殺した凶器のピストルを埋めた所だ……。土の中の鉄分で花の色が変わるのでそれでわかったのだ（ある作家の短編のオチだそうだ）」などと季節感もへったくれもないことばかり考えていた。

そうなのだ、季節感がないのだ。五月が六月に変わろうとするこの時期は。新年度の環境に対して、まだ馴染《なじ》めないと言っていてギリギリセーフの五月から、梅雨入りには少し早いかもしれないという六月の初旬には、個人的にほとんど印象というものがない。四月から五月ならゴールデンウィークがあるし、六月から七月には暑さへの恐怖が押し寄せ、七月から八月なら絶望的に暑く、八月から九月には涼しさへの儚《はかな》い期待があり、九月から十月にはいきなり涼しなったなもう冬やないかというめちゃくちゃな文句が出て、十月から十一月は陽《ひ》の落ちる早さに憂鬱を覚え、十一月から十二月なら有無を言わさず師走《しわす》へ突入、十二月から一月は普通に新年、一月から二月は寒さで無口になり、二月から三月はかすかな暖かさの兆しにやや頬を緩め、三月から四月には新年度の不安があり、と長々書いたが、それぞれの月の境目にはそれなりにいろいろある。しかし五月から六月。何もない。あえて言うなら、そろそろ梅雨か……ぐらいだ。まだ梅雨ではない。気候自体は過ごしやすいので、何も所感がなく暮らせていい季節といえばそうなのだが、そのぶんなのか、六月には祝日がない。新しい年度を迎えて、初めて土日以外の休みがなく、がっつりと動かなければならない月なのである。この年度の体制はいやなんだけど、と言っていてもどうにもならないので、諦めて順応することを視野に入れ始める月でもあると言える。空気は良くても、なんだかつらい季節だ。

学生さんで言うと、クラス内での立場が定まってくるのがこの時期だと思う。グループの移籍期限は、誰も口にはしないが、おそらく六月一日である。新年度のどたばたと、ゴールデンウィークによる人間関係の中断の後、現実を厳しく見つめて、自分の立ち位置と照らし合わせた結果、それまでのグループでOKならばそのまま、まずったなというこことならグループを異動ということになる。そういう意味では緊張の季節である。

あまり大きな声では言えないけれども、わたしも移籍を経験したことがある。理由はよく覚えていない。高校一年の時のことだった。おそらく、中学校までは小学校の時の人間関係の遺産でなんとかやっていたのだが、高校に入ってそれがリセットされてしまい、行き詰まったものと思われる。学校の人間関係で難しいのは、グループの移籍は、一学期の中途半端なこの時期の一度きりと決まっていそうなところである。二度も三度も異動できるほど、一クラスの人数は多くない。高校の一年というのは、非常に長く感じるもので、個人的な体感としては、社会人の一年の三倍はあるように思える。そんな長い時間を、一回のグループ異動しか認められない中で過ごさねばならないなんて、学校って厳しいところだな、と思う。大人数の、学校っぽい人間関係の会社も大変だと思うのだけれど、「振り込みのついでに外食に行く」などとこじつけて、昼休みに会社を抜け出せることを考えると、学校はなかなか潰しがきかない。

五月と六月の境界は、そういった際《きわ》にある状況における、緊張をはらんだ凪《なぎ》なのではないかと思う。四月の狂騒も、五月の猶予も過ぎた。さあこれからが本番だ。ああ、だからいい思い出がないのだ、と思う。あじさいにも目がいかない。新茶を飲んでいる場合でもない。その年度の計を懸けた、本編の入り口なのだ。せめて祝日があって休めればいいのだけれど、六月の門番はなかなかに厳しい。

❖六月一日ごろの二十四節気＝小満　七十二候＝麦秋至《むぎのときいたる》（麦が収穫期となる時期、の意）

季節のことば：たまねぎ

たまねぎの底力

自分が作るドライカレーが好きなのに、ここ十か月ほどまったく自炊ができず、作れずにいた。十か月もやっていない自炊を「している」という顔をするのは甚《はなは》だ図々しいなと思うのだが、とにかくある日、どうしてもドライカレーが食べたくなって、時間を捻出して作ることにした。相変わらず余裕はないものの、今日はドライカレーの日だ、と勇んでスーパーマーケットで食材を買い込んだ。参照している作り方では三〇〇グラムとなっているのに、近所のスーパーマーケットの売り方の単位の問題で、いつもは二二〇グラムしか買わないひき肉も、少量パックを足して合計三四〇グラム買った。ドライカレーの日だから、力が入っていた。四〇グラムだけひき肉を残しても使い道がないので、全部投入した。こんなに肉を入れたら、さぞありがたいドライカレーになるに違いない。わたしは出来上がりをわくわくと待った。

しかしだ。自分が以前作っていたものほどはおいしく思えないのだった。なんでだろう。肉がたくさん入っていたら、他の人はともかく肉の好きな自分好みにはなるのではないのか。作ったその日は、なんか体調でも悪かったんだろう、と解釈して、その後数回に分けて慎重に味わって食べたのだが、どれだけ食べても普通だなとしか思えない。どういうことだ、わたしはもっとおいしいドライカレーを作れるはずなのに何なのだ！　それで一週間ほど激しく考えてみたのだが、結局、いつもよりひき肉を多く入れたことが原因なのではないかと思い至った。というか、いつも二二〇グラムしかひき肉を入れない代わりに、たまねぎを作り方の一・五倍ほど多めに入れていたのを、ひき肉が潤沢にあるばっかりに怠ったことが悪いのではないかと。わたしが自分で作ってうまうまと食べていたドライカレーの味を決めていたのは、おそらくたまねぎなのである。確かに、なんか甘味というか旨味《うまみ》というかが足りないと思っていたのだ。何でも肉がたくさん入っていればおいしくてうれしいというわけではないのだろう。たまねぎを軽く見ていた。不覚だった。

八百屋さんで買える好きな食材、と言うと、わたしはすごい早さで「じゃがいも」と答えるのだが、汎用性と重要度が高いのはたまねぎである、ということは理解しているつもりである。たまねぎも、二番目ぐらいに好きな野菜なので幸運だったと思う。たまねぎは、だいたい何に入れてもおいしい。じゃがいもと炒《いた》めても、カレーやその他の煮物として煮ても、お味噌汁《みそしる》に入れても、ピラフに入れて炊いても、オニオンリングや天ぷらとして揚げても、生のままサラダに加えても、そしてただたまねぎをレンジで蒸して塩だけで食べるにしてもおいしい。世界のいろいろな国の人に料理を教わるという仕事をされたことがあるという西加奈子さんによると、「他の国の料理ではもっとたまねぎを使う」とのことで、自分もけっこう使ってるつもりだったのだが、日本でない場所ではまだこれ以上たまねぎを食べるのかと思う。それも理解できる。安くて調理の手間のかからない、おいしい野菜なのである。にんじんをみじん切りにするとなると、あーにんじんか、とちょっと気が引けるのだが、たまねぎならそうも思わない。あの無数の層によって、はじめから切り離されている向きもあるため、楽勝である。

それでも何か、たまねぎには、いつも近くにあるものなのでそれほど気を遣わなくていいものだ、というちょっと軽んじた認識がある。どうしてか。

わたしが昔、たまねぎ畑の近くに住んでいたからなのではないかと思う。小学一年の二学期から、小学三年の一学期まで二年間住んでいた土地には、田んぼのほかにたまねぎ畑がたくさんあった。たまねぎ畑の中ほどにはたまねぎ小屋があって、一年のある時期、そこは収穫されたたまねぎではちきれんばかりにぎっしり詰まった状態になっていた。どうしても悪いことをしてみたかった小学二年の頃、わたしはたまねぎ小屋からたまねぎを一つくすねて、すごく親に怒られたことがある。あんなにたくさんあるんやからええやん、何やったら道に転がってることもあるんやし、などと思っていたけれども、今になるとそれはたまねぎを軽んじてたな、ということがよくわかる。もしかしたら、わたしが今回たまねぎのことでドライカレー作りを失敗したのも、この件が関係しているのかもしれない。たまねぎを侮《あなど》ってはいけない。

❖六月五日ごろの二十四節気＝芒種《ぼうしゅ》　七十二候＝蟷螂生《かまきりしょうず》（かまきりが生まれる時期、の意）

季節のことば：傘

傘の立場

わたしはとても傘を忘れやすいので、傘を自分で買う年齢になってから長い間、色柄のある傘は持ったことがなく、透明なビニール傘で過ごしてきた。好きなデザインの傘、いい傘を持ちたいという欲求以上に、でも自分は絶対にどこかに忘れる、という確信の方が強かったので、自分が安いビニール傘以外持てないことは宿命だと思っていたのだが、代々のビニール傘の中にも良かったものとそうでないものがある。大きかったり、頑丈だったりするものが好みだった。

そんなビニール傘を、わたしは最低でも三回以上、会社の昼休みにコンビニか外食先で失っている。お弁当を買ったり、定食を食べたりして店を出てきて、傘立てを確認すると、傘がない。わたしのは柄に「P」だか「E」だかの出っ張った文様《もんよう》があって、骨組みの先にはめるプラスチックのキャップ部分が半透明ではなく白い……、みたいな感じで、他の人のものであるビニール傘を一本一本調べるのだが、わたしのだけがない。他のお客が持って帰ってしまったのである。その人が傘を持っていなくて故意に、というこ ともあるだろうけれども、ビニール傘自体は傘立てに何本も差さっているので、間違えてのことなのだろう。

わたしは、自分のビニール傘に対してこだわりがあって、ビニール傘なりに特徴を把握しているのだけれども、他人はそうではないようだ。ビニール傘はすべて同じものなのである。だからといって、他の人の傘を差して帰るわけにもいかない。仕方なく、傘なしで濡《ぬ》れて会社に帰る。理不尽さにもやもやしながら。何度目かにビニール傘を失った後、わたしは柄にマスキングテープを巻いて、他の人のビニール傘と差別化をはかるようになった。それからは一度も持って帰られていない。

わたしのビニール傘を持って行った人たちが、おそらく「透明なビニール」という最低限の特徴しか把握しておらず、自分のであろうと他人のであろうとこだわりがなかったことを考えると、つくづくビニール傘は不思議な持ち物だなと思えてくる。自転車ではこうはいかない。自転車が、そういう扱いをするには高価すぎるとしても、たとえば、下敷きとか消しゴムとかハンカチなどが他人と同じ柄だとしても、平気で交換できるだろうか？　傘には、「今雨が降っているのなら差して帰らなければならない」という独特の緊急性がつきまとい、それで、自分のものかどうかを判断する余裕が奪われてしまうことと、そうはいっても毎日使うものではない、イレギュラーな持ち物なので、他人の持ち物と似ていれば似ているほど固有の意識が薄まってしまうのではないかということが考えられる。わたしは、そんなたぐいの持ち物に愛着を抱いたり、評価を与えてい

たわけである。

ちなみに以前勤めていた会社には、「誰のものでもない傘」があった。出勤時は晴れていたのに、昼休みにだけ雨が降った日に、先輩が教えてくれたのだった。どの傘でしょうか？　と訊《き》くと、それは具体的にどれかはわからず、ただ、傘立ての奥の方に差さっている、何本かの地味な黒い傘は誰のものでもないので、昼休みなどに突然雨が降り出して自分が傘を持っていない時などに使ってよいと教わった。わたしは、便利だと思う反面、怖いとも思った。「誰のものでもない傘」だと思って使ったら、実は誰かのもので、その人が昼休みに出ようとして出られないということにでもなったら、どのぐらいあやまったらいいのか見当がつかなかったからだ。わたしは怯《おび》えていたが、先輩は実に鷹揚《おうよう》に、これかこれじゃない？　と選び出して、わたしに渡してくれた。そういうところも尊敬していた。

ビニール傘もいっそ、この「誰のものでもない傘」のように、一律公共のものになったら良いのではないかと思う。たとえタダでも、傘を二本持って帰る人間はいないだろうし、どうしても家から持ち出さなければいけない時は来るのだから、意外とうまく循環するのではないか。電車の中に忘れられていく傘も、ある価値以下のものは図書館の本のように期限を決めて貸し出せるようにしたらいいんじゃないだろうか。

冒頭に、「傘を自分で買う年齢になってから長い間」色柄のついた傘を持ったことがない、と書いた。そうなのだ、数年前わたしは、透明でない傘を買った。ゴッホの「星月夜」が内側に印刷されている素敵な傘である。とても大事にしていて、これを持って電車には乗らないと決めている。夕方の買い物に、雨が降っている時だけ差していく。傘が街灯に照らされて、夢の中を歩いているような気がしてくる。

❖六月十日ごろの二十四節気＝芒種《ぼうしゅ》　七十二候＝腐草為蛍《くされたるくさほたるとなる》（腐った草が蒸れて蛍になる時期、の意）

季節のことば：カビ

カビの態度

食中毒になったことがある。六月のこの時分に、おにぎりを夜中に作って常温で置いておいたものを、次の日の夕方に食べたのだが、その一時間後に激しい嘔吐《おうと》を繰り返した。生まれて初めて道で吐いた（側溝なのでどうか許してください）。道路のこっち側と向こう側で、一回ずつ吐くという珍しい経験をした。出先と自宅であわせて二十回ぐらい吐いた。三時間ぐらい大変な思いをしたのち、あっさり症状は引いた。

おにぎりを常温でそんなに長い時間放置するなという話なのはわかっているけれども、冬場は大丈夫だったのだ。それで久しぶりに余裕ができて作ったらそのざまなのである。「もう梅雨やからなあ」とこの話を聞いた友人は言っていた。そういうわけで、刻一刻と夏に向かって油断のならない日々が続いている。夏め。冬に向かう油断のならなさって、ただ寒くなるだけだろう。それに比べて夏は食べ物まで腐らせやがる。ひどい話である。

わたしはきわめてがさつな暮らしをしているので、カビとそんなに親和性がないわけではないと思う。がさつなうえにパンが好きなので、よく買い込んではすぐにカビを生やすし、今の家に引っ越してきて、フローリングに直接布団を敷くとカビが生えるということを知った。それまでは知らなかったので、しばらくカビの生えた布団の上に寝ていたわけなのだが、特にどうということはなかった。なので自分はカビ慣れしているほうだと考えていた、言うなれば。ゆえに、その親戚のようなものである菌にあそこまでやられるということがショックだったのだ。えー、わたしはあなたたちにあんなに鷹揚《おうよう》に接してきたじゃない、というすごく勝手な感情なのだが、ちょっと裏切られたような気がした。

カビに対してそんなに激しい憎悪を持てないのは、カビには「見える」というわかりやすい特徴があるからかもしれない、と思う。先日のおにぎりに宿った菌は（調べてみるとセレウスという名前のようだ）、まったく見えずに不意打ちのようにわたしを打ちのめしたのだが、カビは見える。まあ、不快な様子ではあるのだが、「おい、生えたぞ気を付けろよ」と見えることによってぶっきらぼうに注意喚起《かんき》をしている、と考えられなくもない。そうすると、仕方ないな、と思えるのである。あのいただきもののおまんじゅうも、無添加のジャムも、とてももったいなかったけれども、自分の管理の甘さがカビを呼んじゃったからな、仕方ないな、この勝負はカビの勝ちだ、とすみやかに容器ごとごみ箱に捨てる。カビは見えることによって、人間に対してそこそこ節度のある戦いを挑んでいるように思える。そんな勝負はしないに越したことはないのだが、カビはときどき、その姿をあらわすことによってわたしに反省を促す。パンは食いきれなければ冷凍しろ、なまものはもらい次第食え、高いジャムほどさっさと消費しろ、また生えてやったぞ、今度も勝負に勝ったな。カビは、わたしが粗末に取り扱ってしまったものの中ほどに、寡黙に鎮座する。増えたカビが「集落」と称されるのも、どこか意思的だ。隙を見せたわたしが悪いのだ。

　子供の頃、食パンに生えたカビを初めて見た時のことを鮮明に覚えている。パンの真ん中に、青くて小さくて丸い、どうもフサフサした感じのものがぽつんと存在している。その、ひっついている、のでも、置かれている、のでもない、妙に自然な侵蝕の様子に感じ入ったものだった。パンは食べられなくなったが、カビは当時のわたしにとって珍しいものだった。においもなく、極度にグロテスクでもないそのカビはどこか、粛々としていた。わたしはカビを眺めていたかったが、母親がすぐにパンを捨ててしまったため、どうもいつまでも記憶に残っている。

❖六月二十日ごろの二十四節気＝芒種《ぼうしゅ》　七十二候＝梅子黄《うめのみきばむ》（梅の実が熟して黄色くなる時期、の意）

季節のことば：朝顔

アサガオの人たち

アサガオを植えたのは、小学一年の一学期のことだった。理科の授業で植えた。きみどりのプラスチックの鉢を一人一人に与えられて、そこへ先生に土を入れてもらって、種を植えた。小さくて黒い、太った半月みたいな形のその種が、本当に花を咲かせたりするんだろうかと不思議だったが、アサガオは芽を出し、双葉をつけ、順調に育っていった。

今考えると、あんなに物事が順調に運んだのはあれが最後だったような気がする……、と言うとあまりにおおげさなのだが、そう言っても過言ではないぐらい、アサガオは素直に育ってくれた。小学一年の時点で、わたしはたいてい何をやっても周囲よりうまくいかない子供だったのだが（幼稚園で芋掘りに行けば、変な形の巨大な芋を掘り出そうとしてしまって周囲に迷惑をかけるし、花壇にチューリップの球根を植えてもなんだか歪《ゆが》んで生えてきた）、アサガオだけはちゃんと育ってくれた。

わたしだけでなく、アサガオがなかなか咲かないとか、その前にだめになってしまった、といった悲惨な話を聞いたことはない。基本的に善良な花なのだと思う。なるほど、あなたはまだすごく若いんですね、じゃあ傷付いたりしないように、ちゃんと育って咲きますよ。アサガオは、そういう気立ての良さのようなものを感じさせる。

ぶじに花が咲くと、何かやりとげたような気がした。わたしの花が咲いた、わたしの花なのに咲いた、しかも他の子のよりちょっと大きい、と小学一年のわたしは静かな感動に心を浸した。葉っぱにさわってみると、ふさふさした毛のようなものが生えていて、不思議な感触だった。担任の先生も、そのことを感じてみてほしいというようなことを言っていた。アサガオの葉の、あのじょわっとした感じは独特のもので、今も植物の葉を見ると、毛が生えているかいないかを確認してしまう。

わたしのアサガオはちゃんと咲いてくれたが、友達のTさんの鉢植えのアサガオは、もっと大きかった。学校に置いていた鉢植えを、家に持って帰っていいよと言われてから、わたしは初めてTさんのうちに遊びに行った。まだ梅雨が明けておらず、強い雨が降っていた。一度家に入れてもらってから外に出て、わたしはTさんのアサガオの大きなことに感心して、ぜひ摘ませてくれと頼んだ。わたしはアサガオの花をすりつぶして、手をありえない色に染めるのが大好きだったのだ。しかしTさんは、今考えたら当然と言うべきか、わたしの申し出を丁重に断った。

ちなみにTさんは、前にもこの連載で触れたが、六人きょうだいの五番目という、わたしと同学年としてはかなり稀少《きしょう》な立場の女の子だった。病気をして、小学校の入学式から数日の間学校に来ていなかったというのも個性的で、何か特別だ。着席する人のいない、名前のシールだけが貼られた彼女の机を眺めながら、どんな人なんだろうと思っていた。わたしが休み時間に鉄棒で遊んでいると、見たこともない背の高い女の子がやってきて、遊ぼう、と声をかけてきた。それがTさんだった。

基本的に気の優しい子だったのだが、アサガオを摘まれるのは頑《かたく》なにいやがった。わたしは自分の思慮のなさを今もときどき思い出して恥ずかしくなる。あの時点に戻ってやり直したい、と思うことは多々あるけれども、このアサガオの一件もその一つである。Tさんは小学一年の女子なのに、よく怒るでも泣くでもなく、静かに断ってくれたと思う。

アサガオは、好きだとかそうでもないという以上に、花を育てるということの入り口で咲いている花だと思う。どこか無口なイメージもある。アサガオがもし人ならば、おだやかで物静かな、誰の話にも公平に耳を傾ける優しい人だろう。桜みたいな人より、バラみたいな人より、チューリップみたいな人より、こちらを心穏やかにしてくれていつも寄り添ってくれる、得難い人なのではないかという気がする。

その後わたしはアサガオを育てていないが、アサガオを育てている人は周囲に何人かいる。編集者さんでは二人、ベランダでアサガオを育てている人たちがいるし、わたしがよく読んでいたブログの書き手さんも、アサガオの生育状況をときどき報告してくれていた。みんなどことなく、優しい人たちだ。小学一年のわたしが感心するほど大きなアサガオを咲かせたTさんも含めて。

❖六月二十五日ごろの二十四節気＝夏至　七十二候＝乃東枯《なつかれくさかるる》（ウツボグサ（夏枯草）が枯れる時期、の意）

季節《きせつ》のことば：夏越《なごし》の祓《はらえ》

茅の輪くぐりの日の思い出

遠足に行くことが付き合いの主な部分になっている友人に、こんどは車折神社の茅の輪くぐりに行こうとメールで打診された。三年前の六月のことである。「〃くるまおりじんじゃのめのわくぐり〃ってなんだろう？」と思いつつ承諾したのだが、当日尋ねてみると、正解は「くるまざきじんじゃのちのわくぐり」であった。大人になったら、一文に登場した固有名詞をすべて読み間違うという経験はなかなかないと思われるのだが、やってしまったのだった。

車折《くるまざき》神社は、嵐電の車折神社駅が最寄り駅である。嵐電とは、阪急の大宮駅近くの四条大宮と嵐山をつなぐ路面電車の路線で、途中、帷子ノ辻という駅で、立命館大学や平野神社のある北野白梅町へと向かう北野線に分岐する。こう書いていると、自分がすごく難解な文章をものしているような気がしてくる。「嵐電」は「らんでん」、「帷子ノ辻」は「かたびらのつじ」、「北野白梅町」は「きたのはくばいちょう」と読む。ここまでの文章における固有名詞の、音読みと訓読みの入り組み具合に、改めて日本語の難しさを思い知る。他にも嵐電は、「蚕ノ社《かいこやしろ》」とか、「鹿王院《ろくおういん》」など、モヤリとしたものを心に残す駅名が目白押しである。しかも路面電車だ。沿線の風景といい、恐ろしく味わい深い路線なのだ。

茅の輪くぐりに出かけたのは、けっこうな雨の降る日だった。風も強かった。四条大宮から嵐電に乗り込んだ我々は、車折神社に行く前、その五駅前の嵐電天神川が最寄り駅であるスロベニア料理の店へ昼ごはんに行くために途中下車したのだが、満席で入れず「風雨の中　ほとんど使わない路線の　降りたことのない駅から　道に迷いつつわりと遠くにある店に来たが　無理だった」というアウェイ感満載の条件に疲れ果て、とにかく駅前まで戻り、どこから見ても喫茶店にしか見えないのに「カレー」というのぼりが立っている、どうやら専門店らしき店に、なかばやけくそで入った。などと明らかに失礼な書き方をしているのだが、このカレー屋さんはすごくおいしかったのだった。その後、嵐電天神川では一度も下車していないため、その偶然食べたカレーのおいしさは、友人との間で伝説と化して語り継がれている。

車折神社に向かうために、再び嵐電に乗ったものの、二人分座れるだけの座席が空いておらず、わたしと友人は、一人のおばあさんを挟んで別々に座った。おばあさんはわたしに向かって、「どこ行くの？」と声をかけてきた。風雨に晒《さら》され、スロベニア料理を食べるはずがカレーに、とすでに一イベントこなしてきた感のあったわたしは、なんだか旅情っぽくなってきたぞとゆるく考えながら、「車折神社です」と答えた。おばあさんは、「あそこには芸能神社があるからね、いろんな芸能人が来るよ」と、やや苦々しい感じで答え、一呼吸置いた後、「ところで、あの人の年の感じであのワンピースはないと思わん？」と車両の端にいた女性を指差しながら、ひそひそと話しかけてきたのだった。

初対面で、縁もゆかりもない人の悪口を持ちかけられる……。おばあさんにはよく話しかけられるけれども、これは予想だにしなかった。おばあさんを挟んで座っている友人は、うつむいて笑いをこらえている。「いや、ぜんぜんあると思いますよ」「でも丈が短すぎひん？」「自信がおありなんでしょう」「そうかな」。おばあさんは、かなり頑張ってその話題を引きずろうとしたのだが、わたしがどうにも同意しないので、やがて黙り込んだ。わたしが一瞬感じた旅情は幻想だったようだ。その後、おばあさんは再び、車折神社の中には芸能神社があって、ということを淡々と話し、自分も車折神社駅で降りていった。わたしは呆然《ぼうぜん》とし、友人はニヤリと笑った。

そういうわけで、到着するまでにあまりにいろいろなことがあったため、正直言って車折神社の茅の輪くぐりのことはあまり覚えていなかったりするのだが、茅の輪は思ったより大きく、また神社の奥行きのある構造のためか、どこまで行っても何かある、という様子は、雨の中であることも相まって、神様の居所を探検しているような不思議な趣があった。あらゆる有名な芸能人の名前が記された、芸能神社の玉垣《たまがき》も見ものだったのだが、それら知っている名前に挟まれた、「知らない芸能人」の名前を目《ま》の当たりにするのも感慨深かった。この世には、あまりにもたくさんの芸事を志す人がいるのである。

スロベニア料理が食べられずにカレーでリカバーし、おばあさんに斜め上な話題を振られ、この名前の知らない人がちゃんと生活できていたらなあ……、とじんわり思うという、一貫してプラスでもマイナスでもない一日だった。それでもこの日のことは、妙に味わい深く、今も鮮やかに頭に残っている。嵐電恐るべし。

❖六月三十日ごろの二十四節気＝夏至　七十二候＝菖蒲華《あやめはなさく》（花菖蒲《はなしょうぶ》の花が咲く時期、の意）

季節のことば：プール

浅いプールと深いプール

小学一年から三年まで住んでいた団地が面していた国道の向かいには、KY台という住宅地があった。少し急な斜面にあって、縦にも横にも坂道の多い、きれいな家ばかりの住宅地で、クラスの友達も何人か住んでいた。

KY台には、びっくりするぐらい大きな市民体育館があった。いや、小学校低学年の子供の立場から見ての「びっくりするぐらい」なので、もしかしたら並の大きさの市民体育館だったのかもしれない。一度、体育館の入り口の反対側に住む友達とその弟とボール遊びをしていて、市民体育館の高いフェンス（三階建ての建物ぐらいは高かった）の下の溝にボールをはめてしまい、どうしても取り出せず、三人で青くなって審議したのち、その広々とした運動場のフェンスに沿って一列で歩き、申し開きをして敷地に入れてもらって、ボールを取りにいったことがある。本当に高いフェンスだった。当時の身軽なわたしにとっては、フェンスは侵入不可を表す塀ではなく、フェンス＝よじ登って通り抜け可能な本気の障害物じゃないもの、だったのだが、そんな子供でも後じさりする高さだった。

KY台の市民体育館には、浅くて小さなプールと深くて大きなプールがあった。浅いプールは、小学校二年までの子供が使い、それより上の年齢の者は、深くて大きなプールを利用する決まりだったと思う。それほど厳密だったわけではなく、わたしは、三年生になっても浅いプールに入っていた。泳ぎがそれほどうまくなかったし（二五メートル泳ぐのがやっとというぐらい）、浅いプールは小さい子ばかりですいていて気楽だった。深いプールは、大人や年かさの子供たちがひしめいていて、少し怖かった。

しかしある日、近所の高学年の友達とプールに行ったさい、わたしは深いプールに入ることになった。好きなのは浅いプールであったものの、そろそろ自分も深いプールに入らなければな、と決意して、わたしは深いプールに入ることにした。それまでは母親と来ていたので、荷物は母親が管理してくれていたのだが、その日は子供同士だったので、自分でロッカーに入れなければならなかった。ロッカーを使うのは初めてだったと思う。恐る恐るゴムで番号札とつながれた鍵を抜いて、手首に巻いた。

深いプールは、恐れていたほどのものではなく、足の立たないような深さにまで潜るのも、とても楽しかった。水の中で、無数の人の体がゆらゆらと動いているのを何度も眺めた。浅いプールにいる体の小さな子たちを眺めていても、これほどのダイナミズムはないだろう。体全体にかかる水圧もまた、いかにも成長した子供が引き受けるべきもののように思えた。初めて入る深いプールで、わたしはとても楽しんだ。自分が少し、大人になったような気がした。

さんざん深いところで潜って、いい気分になって、楽しみなことがまた一つ増えた、とプールサイドに上がり、わたしは青ざめた。手首にはめていた鍵がないのである。高学年の友達に聞いても、知らないと言う。わたしは、失望に震えおののきながら何度も何度もプールに潜って、底に鍵が落ちてはいないかと確かめた。なかった。そこには、蠢《うごめ》く大人や年かさの子供たちの体があるだけだった。ほとんど泣きそうになりながら、体育館の人に訴え出ようとしたところ、おそらく小学五年から六年といったところの男子が、プールから這《は》い出てきて、ほい、とわたしに鍵を渡してすぐに潜っていった。わたしは、起こったことを把握できないまま、ロッカールームに戻り、番号札のところに鍵を挿した。中からは自分の荷物が出てきた。

あの男子が現れたのは、本当に一瞬のことだったので、わたしは顔も思い出せない。ただ、日焼けしていて、坊主《ぼうず》ではなかったように思う。どうして鍵がわたしのものだとわかったのかも、よくわからない。深いプールにはたくさん人がいて、彼はすぐに人々の中に紛れてしまった。鍵を渡して戻っていく時には友達といて、とても楽しそうだった。

わたしはいまだに、市民プールのようなものを目にすると、鍵を失くした時の深いプールのざわめきと、それを拾ってくれた日焼けした男子の善意を思い出す。その人はもう忘れているだろうし、その場にいたわたしの友達も、思い出すことはないだろう。わたし一人だけが覚えていて、あんなに簡単で純粋なできごとはなかったなあ、としみじみしている。ついでに、ボールを溝にはめた時の絶望のことも、ときどき思い出す。フェンスの下の溝にボールをはめたのは、わたしか友達だった覚えがある。友達の弟は、どんなとばっちりを食った気分だったんだろう。

❖七月五日ごろの二十四節気＝夏至　七十二候＝半夏生《はんげしょうず》（カラスビシャク〔半夏〕が生える時期、の意）

季節のことば：七夕《たなばた》

七夕の仲間

いつの頃から、七夕をそれほど重要視しなくなったのだろうか。学校で笹飾《ささかざ》りを作る時間がなくなった小学四年ぐらいの頃から、すでに七夕は大きなイベントではなくなってきていたように思うのだが、今はそれが嘆かわしい。小学三年の九月に転校したので、転校前の小学校では、四年になっても変わらず七夕に力を入れていたのかもしれないが、転校先ではそれほどではなく、小学五年ぐらいで無駄にませ始めたり、受験のことを考えなければならなくなったり、人間関係の悩みが深くなるにつれ、七夕の優先順位は下降していった。

しかし今になって、無性にあの笹飾りを作りたくて仕方がない時がある。じゃあ作れば、と冷たく言い放たれそうなのだが、わたし一人で数個作ってもさびしいだろう。七夕の笹飾りは、やはり、一クラス三十人×二個分ぐらいの飾りを吊《つ》るし、さらに短冊《たんざく》もつけるぐらいのうるささでなければ。特に風があるわけでもないのに、見守っているだけでガサガサ音を立てそうな感じの大きな笹がいい。

七夕は、とても穏便なイベントだと思う。各地に大きな七夕祭はあれども、目を血走らせた七夕商戦などというものはないし、笹に何かをつけるということで、十日戎《とおかえびす》に似ていなくもないが、飾りが一個一五〇〇円などということもなく、すべて手作りでOKである。それも、クリスマスのサンタや雪の結晶みたいな複雑な造形のものはなくて、ちびっこでも作れる簡単なものばかりだ。今考えると、あんなにバリアフリーな創作はなかったように思う。折り鶴を折れない子でも、七夕の笹飾りは作れたんじゃないか。あの折り紙を三角に切ってただ単につなげたやつとか。福笹の吉兆はもちろん、クリスマスツリーのオーナメントにも、それなりにお金がかかるのに比べて、七夕の笹飾りはびっくりするぐらい安価で手軽だ。

自分が笹飾りを作っていた頃と比べて、飾りの種類も増えてるんだろうな、と笹飾りの作り方について検索してみると、案の定というか、想像を上回る勢いで飾りの作り方が増えていた。わたしが幼稚園や小学校で笹飾りを作っていた頃は、折り紙を細長く切って鎖につなげたものや、二回折った紙に左右交互にはさみを入れて開き、天の川（網かざり）としたもの、半分に折った紙にはさみを入れて対角を貼り合わせて貝殻形にしたもの、ひし形や三角に切った折り紙を縦につなげたものなどが大勢を占めていたが、インターネットでは、子供の頃に懸案だった星形が（手描きで描いたものを切り抜くと、どうしても歪《ゆが》むのだ）、規則的な折り方と切り方で作れる方法や、五芒星《ごぼうせい》も六芒星もはさみを使わずに作れる折り方が紹介されていた。

見ているとだんだん折りたくなってきたので、この文章を書いている合間に百均に行って、四〇色一二〇枚入りという折り紙のパックを買ってきた。七夕とは関係がないかもしれないのだけれども、今の子供でうらやましいと思うのは、携帯ゲーム機やタブレットが生まれた時点からあることではなく、折り紙の色数や模様がすごく増えて、安価になったことである。勇んで、参照したページでは難易度がいちばん高いらしい五芒星を折ってみた。いやいや自分は三十六歳だし余裕だろと最初は思っていたのだが、これがなかなか難しい。折りあがった時にはうれしくて、かなりしげしげと眺めてしまった。笹飾りはちびっこでも作れると先に書いたけれども、大人が作ってもそれなりに充実感を感じるものであるようだ。折り紙本も、簡単なものからものすごく難しそうなものまでたくさん出ているので、より複雑で精緻な笹飾りの折り方も存在しているのかもしれない。

もうこうなったら笹も通販しようと調べたのだが、意外とプラスチック製の造花（造笹？）しかなくて残念だった。やっぱり本物の笹がいいなあ、ということで、そうだ十日戎で一本余計にもらえばいいのかと思い付いたものの、でも一月にもらった笹なら七月にはすっかり黄色くなっているなと当たり前のことに気付いて落胆する。一人七夕は意外と難しい。派手な吹き流しで飾られた七夕祭に出向いてもいいのだが、どちらかというと、こちらは手作り感を求めている。友人がときどき、なんとかというSNSのなんとかコミュに入っているという話をしてくれるのだが、今日初めて、笹飾りを手作りするコミュニティがあるのか確認したく、そのSNSに入りたいと思った。短冊にはまず、「仲間が欲しい」と書く。

❖七月七日ごろの二十四節気＝小暑《しょうしょ》　七十二候＝温風至《あつかぜいたる》（熱い風が吹いてくる時期、の意）

宵山の雨

季節のことば：祇園祭

大学生の頃は、祇園祭《ぎおんまつり》の時期が憂鬱だった。電車が混むから。通学に使っている阪急電車の特急が、大阪から京都に向かうおばちゃんたちであふれかえり、どれだけ早めに梅田の駅へ行っていても、行列の後ろの方で電車を待つ破目になる。よくて補助席にしか座れない。いや若いんだから立ちなさいよ、と言いたくもなるのだが、これから学校に行くのに、四十五分間立ちっぱなしはけっこうつらい。

お祭りより大事でおもしろいことはたくさんあるだろう、読書とか音楽とか、お祭りなんて暑いし人だらけでうんざりするしぼったくられるだけだし、などと合理一辺倒なことを考えている若者であった。放課後などに、行こうと思えば行けるので、べつにイソップ童話の「すっぱいぶどう」のキツネみたいにひがんでいたわけではなくて、本気でそう思っていたのだ。こちらは学校が遠くてつらいのに、平日ににこにこしながら観光に出かけて行く人たちと同じ車両に乗るのは苦痛で、自分は同じことはすまいと思っていた。そういう学生だったので、京都に毎日行っていたのに、名の知れた場所は鴨川《かもがわ》の河川敷ぐらいしか行ったことがない大学時代だった。

あほかもったいない！　と激しく思う現在のわたしは、すっかり週末観光好きの社会人である。いつの頃からか、「京都にはぜんぜん行ったことがない」という友人と、レベル一の観光をする日帰りの遠足を始め、考えが変わってしまった。ただ、混んでいることは相変わらず苦手だし、行列に並ぶのが嫌いなので、そういう場所は避けて、集客が時期に影響されないスタンダードな寺社などを訪ねていたのだが、それでは物足りなくなったのか、ある時、やはり我々は祇園祭に行かなければ、という話になった。

それで、ゲームにたとえるとボス戦に挑むような心持ちで恐る恐る行ったのだが、これがとてもおもしろかった。祇園祭には、細かい日程があって、七月一日の吉符入《きっぷいり》（打ち合わせのようなものらしい）から、地元の人々にとってはお祭りは始まっているようなのだが、観光客としては、各町ごとに組み立てられた山鉾《やまぼこ》を見学する十四日の宵々々山《よいよいよいやま》のあたりから、十七日の山鉾巡行のあたりまでが関係のある部分になる。わたしたちは、土曜日にしか行けなかったので、日程が合わず、山鉾巡行を見たことはないのだが、何十基もある山鉾を見て回るだけでも楽しいものだった。

烏丸《からすま》の駅を出てから、地図をもらったように思う。それを見ながら、山鉾を探して人の流れに乗り、うろうろする。どこまでも立ち並ぶ屋台の奥行きに誘われるようにして、京都の町の、普段は入らないような裏の通りをくまなく歩き回る。山鉾自体を見るのもおもしろいけれども、見ていって！　と誇らしげでうれしそうな地元の人たちを眺めていると、幸せな気持ちになる。民家のガレージや小売店の店先で、町の人々がこしらえたお茶やからあげ（屋台より安い）を購入して回るのも楽しい。それらを飲み食いしながら、山鉾を見物しているうちに、「今日はうちの家にある珍しい着物を公開します！」みたいな家を見つけたりして、着物のことはよくわからないけれども、人の家に入れるのがおもしろくて覗《のぞ》きに行く。

ある年の宵山に、ものすごい夕立が降ったことがある。通りを歩いていた、わたしたちを含めた見物客たちは、立体駐車場に逃げ込み、しばし雨宿りをした。今考えると、よく入れてもらえたものだなと思う。山鉾を管理している人たちは大変だろうし、気の毒だけれども、わたしと友人は、普段立体駐車場に入ることがないし、雨宿りをすることも何年もなかったので、とてもおもしろがっていた。雨はなかなかやまず、わたしは、バッグの中に入っていた雑貨屋のビニール袋を頭に載せて、近くのビジネス用品店にビニール傘を買いに走った。そこから帰ってきてすぐに、雨はやんだ。あの立体駐車場の呆然《ぼうぜん》とした空気のことは、今でも覚えている。立体駐車場の中の人々は、誰も話さず、息を詰めて雨がやむのを待っている。その外側では、雨が轟々《ごうごう》という音を立てて降っている。「何日の何時のどこ」という感覚が狂った、一種の時間の漂流に巻き込まれたような感じだった。あれをもう一回体験したい、と言うと明らかにわがままなので、そんなことは言わないけれども、友人とはずっと語り継ぎたいと思う。

しばらく祇園祭には行っていなかったのだが、今年は行くことになった。たくさんの寄り道を、とても楽しみにしている。

❖七月十六日ごろの二十四節気＝小暑《しょうしょ》　七十二候＝蓮始開《はすはじめてひらく》（蓮の花が咲き始める時期、の意）

Tシャツと生き方

季節のことば：Tシャツの日（七月二十日）

七月二十日はTシャツの日だという。社会人になってから、さすがに会社へはTシャツは着ていけないということで何年も買わない日々が続いたのだが、フリーランスになってまた、Tシャツを買うようになった。

三年前、ディセンデンツの『I Don't Want to Grow Up』の、マイロがオムツをはいている黄色いTシャツを、川端康成賞を頂戴した記念に買って、それを着ている時にあまりにも「自分自身になれた」という感じがするので、愛用に愛用を重ねている。それまでも、心を動かされたバンドを観たらだいたいTシャツを買っていたけれども、自宅の部屋着にするだけではなく、外にも着ていくようになったのはそれがきっかけだったように思う。

外に着ていくどころか、ここ一年ぐらいは、イベントや講演などのたまーに人前に出る機会や、取材などで写真を撮影される場合にも、常にバンドTシャツを着るようになってしまった。もう何を着てもわたしはセンスが悪いし、ろくな服を持っていないので、毎回毎回生き恥をさらしに行くような思いでそういう場に出かけていたのだが、ある日すべてを諦めて、ディセンデンツのTシャツを着ていったら、もうこれでいいと思うようになってしまった。それ以来ずっと、何かというとディセンデンツかマノ・ネグラのTシャツを着ている。

ディセンデンツやマノ・ネグラが自分の中で特別なバンドであることは間違いないにしても、Tシャツを買いたくなるバンドには、自分の中では一定の基準があるような気がする。すごく好きでも、自分自身とそんなに重なる部分はないな、というバンドのTシャツは、好きでも探す気にならない。どれだけライドやデスキャブ・フォー・キューティーを聴いていても、Tシャツを買うという感じではない。何か背伸びをしているような気がするのだ。けれども、今は持っていないが、同じぐらい好きなマッドハニーのTシャツはかなり欲しいので、気に入っている柄の在庫を日々探している。わたしの場合は、そのバンドが持っている笑いの要素が、Tシャツを購入するうえでの決め手になるのかもしれない。今自分がTシャツを着ているバンドぐらいは、誰かを笑わせられればいいな、と思っている。ちなみに最近、「世界一バンドTシャツを持っている男性」の記事を読んだのだが、彼がもっともたくさん枚数を所持しているバンドもディセンデンツだった。

バンドTシャツは、大して対価を取らないわりに、一期《いちご》一会《いちえ》的な要素も強い。ちょっとだけ考え中ということで保留にしてしまうと、すぐになくなってしまうのである。再入荷のサイクルもよくわからない。なので、ほとんど毎日Tシャツの通販サイトを開いて、目を皿のようにしてチェックする。そして「在庫あり」の表示が出ていると、即カートに入れる。わたしはけっこうケチというか、買い物のさいにいろいろ考え込むたちなので、その速度で購入するものは他にない。

フェスに行って人が着ているバンドTシャツを見るのも大好きである。ああこの人はあんなバンド好きなのか、と一枚一枚に対して思う。フェスには、そこに出ていないバンドのTシャツを着ている人がざらにいるし、Tシャツではないけれども、サッカーのユニフォームを着ている人もいる。だいたいが、それいつ着るんだという海外リーグのユニフォームを着ている。サッカーを観るようになってから、Tシャツだけでなくユニフォームの人を見かけるのも楽しみになった。Tシャツを買ってよそで着るほどそのバンドが好きなのですか、ということと、ここからは遠いところでサッカーをしているその選手が好きなのですか、ということは、何かその人自身を表しているような気がする。興味深いのは、メタリカやフー・ファイターズやグリーン・デイのTシャツを着ている人は見かけたことがないのに、ピクシーズやバッド・レリジョンのを着ている人は印象に残っていたり、ユニフォームでも同じように、バルセロナのメッシやレアル・マドリーのクリスチアーノ・ロナウドのを着ている人はぜんぜんいないのに、アーセナルのロシツキやACミランのネスタのものを着ている人は覚えているということだ。たぶん、本当に自分が好きなバンドのTシャツや、選手のユニフォームを着ているんだな、と思えて味わい深い。

自分自身を一瞬で説明してしまうバンドTシャツというもの。基本的に世の中の人が全員、自分の好きなバンドのTシャツを着るようになれば、行き違いはなくなるだろうしすぐ友達になれるだろうから、便利なのにな、と思う。そういえば、心斎橋筋《しんさいばしすじ》をくだんの黄色いディセンデンツのTシャツを着て歩いていたところ、ベビーカーを押している白人のおじさんに満面の笑顔で手を振られたことがある。また別の外人さんには、ドロップキック・マーフィーズのTシャツを着ていたら、指を差されて「マーフィーズ！マーフィーズ！」と叫ばれたこともある。わたしもそんなふうにできたらな、と思う。でも、密《ひそ》かに「あの人ハスカー・ドゥのTシャツ着てた……」と震えているのも、英語圏の音楽を熱心に聞いている日本人らしいのかもしれない。

❖七月二十日ごろの二十四節気＝小暑《しょうしょ》　七十二候＝鷹乃学習《たかすなわちわざをならう》（鷹の幼鳥が飛ぶのを覚える時期、の意）

季節のことば：花火

花火の受難

見上げ系の娯楽は、花見、紅葉《もみじ》狩り、打ち上げ花火の三つが主だったところだと思うが、個人的にはまさしくその順番に難易度が上がっていく。桜は、とにかく見られる場所がたくさんあるし、期間も短いと言えば短いが、桜の種類によって咲く時期が違ったりするので幅がある。紅葉狩りは、そりゃ家の近くの木が枯れ始めるとなったらそれを観たらいいのだが、そうではなくて、もみじらしいもみじを観ようと思うと、意外と場所が限られる。紅葉狩りの名所である東福寺《とうふくじ》の通天橋《つうてんきょう》で、見物客がお互いの写真を撮るためとかで滞留していたため進まないことに、「紅葉を観ろ」と表には出さないが激怒し、その写真の中にわざとちょいちょい入るという悪事をやらかしてしまったことは、紅葉狩りの季節のたびに誰かに打ち明けている。それでも、期間がある程度あって、然るべき場所に行けば観られるので、紅葉だって超難しいというわけではない。

問題は花火だ。日にちが決まっている、夜にしか観られない、という二点で、花見と紅葉狩りをゆうにしのぐ大変さを獲得している。花火大会はしんどい。本当にしんどい。夜にしか観られず、人は押し寄せ、そして暑い。場所取りをする要領の良さもない。帰り道の混乱が怖い。もう何年も、花火を観に行ったりはしていない。嫌いなのではなくて、自分の根性では無理なのだ。わたしが花火を大手《おおで》を振って観られるようになるには、花火が行われる川べりにアパートを借りるぐらいしか方法がないと思う。

わたしが大金持ちになったら、部屋に桜か藤を植えて、毎週花火を打ち上げてもらうつもりなのだが、そういうレベルで打ち上げ花火は娯楽として遠く、高級なものなのである。どんなものすごい額の名画だって、とんでもないギャラを取るモデルさんだって、とにかくそこには在るし居る。でも花火は一瞬で消える。花火は、どんな精細な印刷でも、大きな画面でも、再現はできない。その日にそこへ行かないと観られない。そんな難しいものに積極的に関わることはできない。

「あさって花火大会あるらしいで、浴衣《ゆかた》着てみんなで行こか」みたいな気軽さで花火に行く人たちは、おまえは花火を難しく考えすぎなんじゃないか、と言うかもしれないが、いやいや、花火職人は、いろいろなクリエイター職の中でも、もっとも聖職に近いものだと思うのだ。ドイツで作られた花火に関するドキュメンタリーを観ると、花火は長年ぜいたくな芸術の代表格とされ、花火師は宮廷で寵愛《ちょうあい》を受けたりもしたという。ほらわたしの話に近くなってきた。中国で発明された花火は、ヨーロッパに渡り、イタリアで盛んになったらしく、アメリカで花火職人になった人々は、ほとんどイタリアからの移民だという。ドイツのハノーファーでは、世界花火コンテストが行われ、五か国が

その技術を競い合う。そこに「あさって」とか「みんなで浴衣」感はない。どちらかというと、「チケットとれませんでした。三分で完売だったらしいです」という方に近い。

ドキュメンタリーでは、日本の花火についても取り上げられていた。日本の花火玉は、家内制手工業で独自に発達してきた非常に高価なものであり、日本の花火を作っている映像はめったにないのです、とナレーターもすこし自慢げであった。芯《しん》がいくつかあって、開いていく時に色が変化することが日本の花火の特徴であり、「菊」という、あの打ち上げ花火を代表するような、大きく広がって流れる花火は、日本でしか作られていないらしい。それを気軽に観ているのである、「あさって」「浴衣」層は。書いていてあまりに悔しいので、もう今年は覚悟を決めてどこかに観に行こうと思う。

花火と言えば、手持ちの花火も、もう何年もやっていない。七夕の回で書いた笹《ささ》もそうなのだが、手で持つ方にも仲間が要る。去年、近所の家でやっているところを見かけたのだが、思わず入れてくださいと言いそうになった。中学生の頃は、縁日の帰りに友達と花火をやるのが毎年の恒例だった。出店で、こづかいの限り花火を買って、それで遊び倒すのである。ある年、三歳ぐらいの知らない男の子が、我々の花火しまくりぶりに惹《ひ》かれたのか、家族から離れて仲間に入ってきたことがあった。当初は機嫌よく花火を楽しんでいたのだが、ねずみ花火が男の子の足元に飛んで行ってしまい、ほとんどそれまでの花火の記憶がなくなるぐらい焦ったわたしは、持っていたファンタ（メロンだったと思う）を男の子に渡して、親御さんには言わないでくれと懇願した。今までの人生における、最初で最後の賄賂《わいろ》である。男の子は、べつに泣いていたとか怖がっていたということはなくてきょとんとしていたのだが、自分が火をつけたねずみ花火が、よその子の足元にじゃれつく子犬のように跳ね回るのをなすすべもなく眺めていたあの恐怖は、今もありありと覚えている。

❖七月二十五日ごろの二十四節気＝大暑《たいしょ》　七十二候＝桐始結花《きりはじめてはなをむすぶ》（桐の実がなり始める時期、の意）

緊張のオシロイバナ

季節のことば・オシロイバナ

皆さんにとって、オシロイバナはどういったポジションの野草だろうか。ああ、夏の盛りだな、という所感だろうか。うふきれいね、という評価の方もいるだろうし、すり潰して手が赤くなった子供の頃の記憶に頰を緩める方もいるだろう。わたしは以下だ。「オシロイバナがあらわれた！」。出たオシロイバナ。そして後じさり、オシロイバナが咲いている側とは反対側の進路を取る。オシロイバナ怖い。

いろんなものが苦手だが、個人的なワースト一〇〇には安定してランクインしているオシロイバナが、夕方の散歩道に現れるようになってしばらく経《た》つ。わたしは、頼む早いうちに枯れてくれ、と懇願しながらオシロイバナを避け、遠くから、夕闇にも負けずにどろりと赤く咲いている様子を恨めしく凝視する。オシロイバナは、どうもたくましい野草なのか、至る所に咲いていて、油断すると視界に入ってくるのが厄介である。そんなに嫌われている花でもないようなので、撤去してくださいとも言えない。

何が苦手なのかって、においが苦手である。甘くて生臭くてきつい、すごく押しつけがましい、これでもか！　というにおいだとわたしは認識していて、半年に一回ぐらい、

「オシロイバナ　くさい」「オシロイバナ　臭い」などと検索をかけて同志を探してみるのだが、未だ、オシロイバナのにおいが苦手だという記述を見かけたことがない。唯一、わたしの友人の、中学だか高校だかの先輩（男性）が、オシロイバナのにおいがだめだったという話を耳にしたことがあるのみで、もちろん、その縁遠い先輩という人と、オシロイバナの嫌さについて話し合ったこともない。

別の友人と道を歩いていて、オシロイバナを発見した時に、このにおいがどうにも嫌だ、と打ち明けた時も、「え、においなんかせえへんで？」という反応だった。まあ、その友人は当時ちくのうだったのだが、とはいえ、そんな障害もおかまいなしに、オシロイバナのにおいはべっとりと張り付いてくるイメージがある。

わたしは、鼻がよく利《き》くので、オシロイバナはそのポテンシャルを全開にして、わたしの嗅覚《きゅうかく》に訴えかけてくる。ここよおおおオシロイバナよおおお。わたしがどのぐらい鼻が利くかというと、隣の市の火事のにおいを自宅のぼやと勘違いしたというぐらいで、そんな人間にとって、「嫌いなにおい」は地獄なのだ。

わたしは、海沿いの田舎に住んでいた小学校低学年の頃から、漠然とした「夏のにおい」に頭をやられるという感覚を持っていて、夏は夏休みがあるし、海に遊びに行けるからうれしいんだけど、あのにおいだけはな、とずっと思っていたのだが、大人になって改めて、あの「夏のにおい」の半分ぐらいは、その辺の道端に咲いているオシロイバナが原因だったんだと気が付いた。残りの半分は、今も判明していないのだが、とにかく、堤防の傍らの、むらむらと名も知らぬ植物が自生しまくっている、大きな茂みのにおいがすごく苦手だった。その奥にだいたいエロ本が落ちているのも、おおっと思いつつ不気味だった。あれは本当に何だったんだろうか。海に遊びに来た人が捨てていったんだろうか。それとも何かの罠だったのだろうか。とにかく、わたしの住んでいた団地の近くにはよくエロ本が落ちていた。

オシロイバナを見かけるたびに、そういう夏の日の記憶がぶわっとよみがえってくる。あの田舎で過ごした夏休みは、あまりにも輪郭がはっきりしていて、おそろしくきついにおいをしていたために、一年や二年でもう一生分の夏をやってしまったような気さえするのだ。だからわたしは、毎年のように夏に辟易《へきえき》している。毎週海で泳いだし、くらげもつかまえまくった。あの海際の道のにおいは、忘れようにも忘れられない。自分の中の夏の器は、小学一年から三年の夏ですでに満たされてしまった。その後何をやったとしても、あの夏休みに敵《かな》う強烈さはない。

そんな中で、唯一追いすがってくるのがオシロイバナなのだと言える。知ってるわよあなた夏が大好きだったでしょう？　今もあの夏休みに戻りたいんでしょう？　でも、どうしたって戻れないことを知っているから、わたしはオシロイバナが苦手だ。

❖八月一日ごろの二十四節気＝大暑《たいしょ》　七十二候＝土潤溽暑《つちうるおうてむしあつし》（土が湿って蒸し暑い時期、の意）

季節のことば：トマト

トマトとの邂逅《かいこう》

今のところまだ魚介はだめだけれども、野菜はほぼ克服できた、と思う。にんじんもピーマンもしいたけもわたしは食べられる。個人的に苦手だったかぼちゃとなすも、やたら甘く煮るという母親の料理の仕方が自分に合わなかっただけで、どちらも甘くしなければ食べられる。なすなんかは、どちらかというと好きなぐらいだ。出された野菜をちゃんと平らげることができると、大人になってよかったな、としみじみ思う。同時に、「母親の味付け」というものが子供の味覚に及ぼす因果に思いを馳《は》せる。

そういうわけで、大部分において不自由な自分にとっての数少ない不自由でないことが、「わりと野菜を食べられること」という小学生レベルのわたしなのだが、トマトが好きであることには常にそこはかとないお得感を覚えている。トマトも、なすと同じように、最初は特に好きでもなかったし、とにかく主張が強くて酸っぱい味というのに馴《な》染《じ》めなかったのだけれども、現時点ではかなり好きな野菜だと思う。

トマトが嫌い、という人は、やっぱりファーストコンタクトがあんまり良くないんじゃないかと思う。たとえば、なみなみと盛られたキャベツと、それに添えられた薄切りきゅうり、そしてその横に鎮座している櫛形《くしがた》に切られたトマト、という図は、小さい頃に出されたトマトの情景の定番と言えるものだと思うのだけれども、この食べ方は、個人的にはべつにおいしくない。キャベツやきゅうりといったくせのない野菜の中で、トマトがあまりに目立ちすぎているのではないか。他の野菜を圧倒してしまう、酸っぱいわ赤いわ中ほどからはなんか緑の汁みたいなんが出てきてるわ、というトマト。これではあまりにも悪役然としている。

　トマトはやっぱり、何かの横に添えられているものというよりは、主役級に据えてこそよい働きをする野菜だと思う。大学生の時、『セイシュンの食卓』という料理本で、冷やして潰《つぶ》したトマトに、にんにくとバジルと塩少々を混ぜただけのものを、同じく冷やしたパスタにかけて食べるというレシピを知ってさっそく作り、これはうまい、と感心した。今までのあの悪役ぶりは何だったんだろうトマト。まるで、美人が過ぎるため、逆に主人公よりは敵役のオファーばかりが来る女優が、一人で主演してみたら演技ものすごかった、みたいな感じである。言いすぎか。それからはすっかり、主役としてのトマトを好きになってしまった。

　料理をするようになると、トマトが脇役や主役といった表面的なものを超えた、かなり根底を支えるような活躍をしていることに気が付く。スパゲティのミートソースは「ミート」とあるけれども、トマトソースに肉やたまねぎやにんじんといったものを混ぜ込んだものだし、カレーにもトマトが欠かせなかったりする。これは、敵役ばっかりやっていた美人女優が主演を経て、物語には欠かせない「美人」という冠のはずれた女優になるのと同じなのではないかと思う。トマトよ、キャベツときゅうりの横で毒々しい異彩を放っていた頃から、ずいぶん遠くへ来たな。

冷やしたトマトのパスタに辿《たど》り着くまでには、生のトマトも捨てたものではないという認識の変化があったわけで、そこには、小学六年の時に入っていた飼育・栽培委員会での経験が活きていると思う。飼育・栽培委員は、ウサギの世話をしながら、学校の花壇の世話をするという、今考えると夢のような仕事をする委員なのだけれども、わたしの通っていた小学校では、プチトマトを盛んに栽培していた。夏休みにも登校して、委員たちはプチトマトの面倒をみた。もはや十代のきざはしに立ち、野菜の栽培、楽しいね、などと真っ直ぐではいられない、とやさぐれ、「夏休みに委員会とかだるい」という態度を身に付けつつあった委員のわたしたちは、このぐらいはいいだろ、と育てているプチトマトをむしって食べることにした。その時は、暑さでやけになっているということを示すだけのつもりだったのに、そのプチトマトは意外にもとてもおいしかった。わたしたちは、次々にプチトマトをむしって食べた。気が付くと、最後の一、二個というところまで食べてしまっていて、委員たちはひそひそと話し合い、それは申し訳程度に残すことにした。

みずみずしくて赤いプチトマトだった。直射日光の下で、何もつけずに食べたあのプチトマトたちが、思えばわたしとトマトの良い関係の始まりだったように思う。

❖八月五日ごろの二十四節気＝大暑《たいしょ》　七十二候＝大雨時行《たいうときどきにふる》（ときどき大雨が降る時期、の意）

◇夏から秋へ

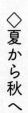

ガラス戸越しの稲妻

季節のことば：稲妻

ベランダに続くガラス戸に、今更憧れている。わたしの仕事部屋には、窓が二方向あって陽当《ひあ》たりが異常に良いのだけれども、単に窓であって、物も置けないし外にも出られない。これまで暮らしてきたどの家にもベランダはあったので、ガラス戸とまったく縁のない生活をしてきたわけではないのだが、割り当てられた部屋が、常にガラス戸のない部屋だった。

どうして憧れるのか。ガラス戸を窓と考えると、すごく大きな窓ではあるし、窓が大きければ、空の様子がよりダイレクトに心に入ってくるし、風もたくさん取り込めるということなのだろうと思う。この時期の日光のきつさを考えると、仕事部屋の窓は本当に厭《いと》わしいのだけれども、夕方になるとほんのりうれしくなる。

ガラス戸ともっとも親しく接していたのは、小学一年から三年の間だった。海と山に挟まれた団地に住んでいた時のことだ。東向きにも西向きにもベランダがあり、ガラス戸があった。晴れの日は家全体が明るく、雨の日は真っ暗、というような、採光に対して単純で素直な家だった。わたしは、東向きのベランダで、土曜日の午後には靴を洗い、それ以外の時間は、西向きの居間でよく過ごしていた。自分の部屋より、居間にいる時間の方が長かったように思う。友達と遊ぶのも、本を読むのも居間だった。そこのガラス戸からは、海が見えた。今考えると、とてもぜいたくな環境だったように思う。

海に沈む夕日の印象も強いのだけれども、やはり雨の日が楽しかった。風の強い日も大好きだった。雨の日に、友達と居間にいた時、ひゅーっという高い変な音が聞こえてきたので、なんだろうなんだろうとみんなで考えて、やがて、細く開いたガラス戸から風が入ってきているため、そんな音がするのだと気が付いた時のことは、とてもよく覚えている。わたしたちは、げらげら笑いながら、ガラス戸を開けたり閉めたり、じょじょに閉めていっていちばん変な音がする隙間《すきま》を探したりしながら、長い間遊んだ。海際だったので、風が強かったのだ。そういえば、あの土地では、やたらに傘の骨がひっくり返ってしまうことを経験した。

目の前がすぐに海だったから、居間のガラス戸の向こうの風景には障害物がほとんどなく、空がとてもよく見えた。雨になると、わたしは電気を消し、ガラス戸にくっついて、じっと外を眺めていた。雨の降る昼間の空は、濃いねずみ色のような、灰色がかった紫のような、とても変な色をしている。ずっと海の方を睨《にら》んでいると、やがて稲妻が光って、海に雷が落ちる。わたしは満足して、ガラス戸のそばを離れて部屋の電気をつけ、本を読み始める。夏の夕方に、空が突然暗くなり、稲妻が光る。わたしは今もあの瞬間を待って、いつも窓を開けて仕事をしている。

❖八月十日ごろの二十四節気＝立秋　七十二候＝涼風《すずかぜ》至《いたる》（涼しい風が吹き始める時期、の意）

季節のことば：お盆

土日ダイヤお盆クラブ

お盆は自分にとってつかみどころのないものだ。他の勤め人の人たちが、お盆なので帰省するのよ、などと、忙しく仕事を片付けたり、両親や義両親に会うのが楽しみだ／めんどうだ、と話している時に、わたしはだいたい、遠い国のローカルなお祭りの話でも聞いているかのような、なんということのないえびす顔をして黙っている。実家に住んでいるわたしには、帰省も義両親も想像できないからである。

しかも、二十三歳から十年半勤めた会社には、お盆休みというものがなかった。世間でお盆と言われている時期の周辺は休んでいいけれども、有給休暇を使って各自で休んでね、ということになっていた。厳密にお盆には休む、というのではなく、仕事の調整さえできていれば、お盆の真っ最中だろうと前後のいつだろうと休んでも良い、という柔軟なシステムだったのだ……と言いつつ、本音ではいっせいに休みにしてくれよとずっと思っていた。業種の性格上、仕方がないことだったのかもしれないけれども、有給が減るのは普通につらかった。七月の終わりごろになると、社員全員の名前が書かれた予定表が貼り出されて、わたくしここと こことここをお休みにいたします、とマークをする。

十年半もそんなあいまいな状態だったので、お盆っていつやったっけ、と毎年のように思う。そういう人はけっこういるようで、「お盆」とサーチエンジンの検索ボックスにいれると、「お盆　いつ　2014」とか「お盆　いつまで」という候補がすぐに出てくる。2014て、毎年変動するのかよ、と不穏な空気を醸《かも》し出しているのだが、わたしの見たいくつかのサイトでは、八月十三日から十六日がお盆ということで見解の一致を見ていた。ややこしいのは、八月の方は旧盆ということになっていて、地域によっては七月十三日から十六日が新盆《にいぼん》であるとのことで、十三日が迎え日、十四日が中日、十六日が送り日と決まっているらしい。十五日について明記がなされていないのは、地域によって解釈が違うからだそうだ。長年、「お盆とは、サマーソニックが開催されるあたり」と単細胞な認識でいた自分をバチバチ殴りたい気がする。いや、冗談じゃなく、サマソニ後の三日間ぐらいが、わたしにとってのお盆休みだった。

実家に住んでいるうえに、生まれ育った地域からほぼ動いていないという人間が、自分なりにそれと見なしていたお盆は、今年もあづいなあ、雨降らんかなあ、と自宅にいて、『相棒』の再放送とかを観ているだけの期間だった。以前、文章を書く仕事をしていなかった頃は、趣味でひたすらサマソニの感想を書いていた。だいたい、二日で原稿用紙二十枚ぐらい書いた。今はもはや、そんな力は残っていない。

お盆コードのない会社にいたうえに、自分自身の認識も芯《しん》から間違っていたわたしが、明確に「お盆」を過ごしたのは、中学で塾に通っていた頃だけなんじゃないかと思う。塾は夏期講習があって、夏休みになっても毎日のように授業があるのだが、八月の十日から二十日までは休みだった。その期間はその期間で、教科ごとに一冊ずつ問題集をやるという宿題が出るので、完全に勉強から解放されるというわけではなかったけれども、とにかく「お盆休み」ではあった。

中学の塾通い以来なので、二十年以上お盆についてまともに考えたことのないわたしだが、そういえば、八月の半ばに、いきなり地下鉄の駅に「土日のダイヤで運行しております」のお知らせの紙が貼り出されたりすることがあったな、と思い出す。あれを見ると、よし遅刻できる、とうなずいたものだった。なるたけのろのろ会社に行って、部長に、土日ダイヤだったんでぇ、と言い訳をするつもりだったのだが、なぜかいつも間に合っていて、土日ダイヤを引き合いに出したことはついぞなかった。

「土日ダイヤで運行しております」の電車は、とても空いていて、穏やかな空気が流れると同時に、こんな時にでも働いてはるんですか、というひんやりした共感が漂っていた。平日の満員電車の人々は、乗車時間の間だけはみんな敵意に満ちていたが、お盆の車内の人たちは、なんだか味方のように思えたのである。なので、ここで唐突に、お盆部を提案したいと思う。お盆に出勤した人を集めて、帰社後に花火をするのはどうか。

おそらくやさしくし合えるのではないか。書いていて泣きそうなのだが。

❖八月十五日ごろの二十四節気＝立秋　七十二候＝寒蟬鳴《ひぐらしなく》（ひぐらしが鳴き始める時期、の意）

季節《きせつ》のことば…蚊の日（八月二十日）

手のひらの中の蚊

八月二十日は世界モスキートー・デー（蚊の日）だという。もう字面だけで腕や脚がかゆくなってくる感じなのだが、一八九七年の八月二十日に、イギリス人医学者のロナルド・ロスさんが、ハマダラカがマラリアを媒介することを発見したことから記念日になったのだそうだ。断じて、蚊を殺さず、虫よけスプレーは使わない、みたいな蚊に対してやさしくなろうという日ではない。むしろアンチ蚊の日だ。

蚊は、かゆがらせるというただいらつくことから死に至る病まで媒介する、人間に対して多彩な攻撃を繰り出すあまりに矮小《わいしょう》な生き物である。羽音も、想像するだけでうおと肩が竦《すく》む不快さだ。他にも、ハエやゴキブリやスズメバチなど、不快だったり怖かったりする昆虫はたくさんいる。けれども蚊のイヤさの全方向性に、彼らは敵《かな》わない。世界では三十秒に一人がマラリアで命を落としていると聞くと、人類の敵に比する昆虫の最たるものは蚊なのかもしれないと思える。なのに、あまりに小さいので、プゥー――という あの羽音が聞こえても、「蚊か」ぐらいにしか思わない。書いていて本当に狡猾《こうかつ》というか、それも無自覚なたぐいのものに思えてくるので、なんだったらわたしは蚊のライフスタイルを見習うべきなのではないかとすら思えてくる。蚊のように弱々しく近付き、気にもとめられず、いつの間にか刺して、あれよと思っているうちに致命傷を与える。

わたしの血液型はO型なのだが、誰かと一緒にいても自分だけ刺されているというシチュエーションが多く、蚊はO型が好きなのかしらとずっと思っていてこのたび検索してみたのだが、大変遺憾《いかん》なことに、やはりO型が好きらしい。だよな、自分はともかくとしても、周囲のO型は気のいい人ばっかりだもんな、おおらかさに飢えてんのか、蚊、というわけではなくて、O型の分泌《ぶんぴつ》する成分に蚊の好むものが含まれているという。

だから子供の頃は、ほとんど毎日蚊に刺されていたのか、と思い出す。毎日である。これをお読みになって、「毎日!?」となるか「あーあるある」となるかで、その人の血液型がわかってしまうかもしれない。だいたい外で遊んでいることが多かったし、わたしには蚊に刺されることが普通だった。もはや蚊に刺されすぎて、あまり薬を塗ったという記憶すらない。虫よけスプレーをかいくぐって刺してくる蚊に、だいたい五か所以上を提供し、ぼりぼり掻《か》いているうちに一日が終わるような日々だった。今はそれほどは刺されない。夕方の散歩に出かけて、まあ一か所は刺されて帰ってくるという感じだ。

そして、あー夏だなあ、と思う。ばかみたいに暑いことや、明け方にセミが鳴き始めることと同じぐらいかそれ以上に、そう思う。

血を吸うのはメスだけである。オスは、果実の汁や水を吸って生きているそうだ。そう知ると、何かオスは穏便な生物であるような気がしてくる。人間や獣の血は、メスの卵巣の栄養になり、血を吸わないとメスは卵を産めない。わたしたちを刺しているあの蚊、わたしたちがときどき叩《たた》き殺すあの蚊は、すべて子を産む準備をしているメスであるということになる。そう考えると感慨深い。といってもわたしは、ものすごくどんくさいので、五年に一回ぐらいしか自分の血を吸っている蚊を叩き殺すということができないのだけれども。あとは吸われるままだ。自分がそんなに無頓着《むとんちゃく》でいることによって蚊が栄えるのはだめだとも思うのだが。

わたし以外の人は、本当に上手に蚊を叩いて潰す、と思う。話しているうちに、目の前の人の目が泳ぎ始めて、ばしんと何もない空間で突然両手を叩く。わたしは手を開いて見せてもらう。その人の手のひらで、赤い血をにじませて蚊が死んでいる。蚊は死んでいるが、自分たちの中に血が流れていることをいやでも思い出す、何かの境界を表すような光景は独特だ。もしかしたら、蚊を殺した時だけにしか喚起されない気分というものがあって、それがあの、わたしか誰かの血が別の生き物の中にあった、という得難い現象から受け取る感触なのかもしれない。そしてかれらはみんなメスなのだ。

❖八月二十日ごろの二十四節気＝立秋　七十二候＝蒙霧升降《ふかききりまとう》（深い霧が立ち込める時期、の意）

季節のことば：地蔵盆、台風

いつのまにかお菓子

この連載は、毎回担当編集者さんから時候にちなんだテーマを四つほどいただくのだけれども、今回は、「台風」と「地蔵盆」が同時に入っていてすごく迷った。どちらにも一定の感慨がある。ただ、「台風」というか気象に関しては、暑さも寒さも雨も嵐も、年々凶悪になってきている様子があり、気が引けるので、軽めの牧歌的な台風のことを思いながら地蔵盆のことを書こうと思う。

生まれてからいくつかの場所に暮らして知ったのだが、同じ大阪でも、地蔵盆が盛んな地域とそうでない地域がある。小学三年まで住んだ土地は、どこも特に地蔵盆にはかまわない様子だったのだが、二〇一一年まで二十年以上住んでいた場所では、毎年八月の終わり頃になると、どこの町内でも当然のように地蔵盆が催されていた。お地蔵さんがたくさんいらっしゃる町だったのかもしれない。

お盆ならば、電車が空いているとか、道路に車があまり走っていない、ぐらいにしか町の風景は変化しないのだが、地蔵盆には、明らかに特別な趣がある。まず、それぞれの町内のほこらの周囲に、提灯《ちょうちん》が飾られる。そしてそのあたりの、あまり広くなく、狭すぎもしない、ちょうどいい広さの路地にビニールシートのテントが張られ、地面にもシートが敷かれる。町内ごとに、小さな子供のためのスペースが作られるのである。子供たちは、地蔵盆の期間中、なんとなくそこに集まってきてゲームなどをする。わたしの記憶では、ボードゲームやトレーディングカードだったように思う。わたし自身は、近所の子をあまり知らなかったのと、同学年の女の子がいなかったため、年齢が上がるにつれ地蔵盆のテントスペースには行かなくなっていったのだが、人見知りをしなかった小さい頃は、よくそこで過ごしていた。

地蔵盆が終わった次の日には、自宅に大量のお菓子がやってくる。わたしは、降って湧くようなそれらのたくさんのお菓子が毎年楽しみで仕方なく、町内で提灯を見かけると、お菓子はまだかまだかとうずうず待つようになった。お菓子の内容は、地蔵盆を開催している係の人におまかせで、普段は飲み食いしない銘柄の駄菓子やジュースがたくさん入っていたのだが、その、あまり馴染《なじ》みのない感じが、いかにも地蔵盆だということを実感させてくれて、とてもうれしかった。

そこここで提灯が灯《とも》る、地蔵盆の頃の塾の帰りは、道がとても明るかった。わたしは、一緒に帰っている友達との道が分かれる場所にある煙草の自動販売機の前で、いつまでも話をする中学の塾の帰り道がとても好きだったのだけれども、地蔵盆の時期はいっそう楽しかった記憶がある。明日もあさってても塾はあるけれども、とにかく今日は終わった、という解放感と、提灯で明るい夜道と、いつのまにかやってくるお菓子の予感は幸福なものだった。

地蔵盆の恩恵は、高校卒業ぐらいまで続いた。高校三年になってもわたしは、町内で提灯を見かけるたびに、お菓子、お菓子、と思っていたのだった。「お菓子はなんとなくもらえるもの」とわたしは思い込んでいたのだが、実はそうではなく、祖母か母親が地蔵盆のために数千円のお供えをし、そのお返しとして配布されていたものなのだぞうだ。なのでわたしだけは、とにかく無料のお菓子がそこにある、というだけで喜べたのだが、祖母や母親は、年々内容が粗末になる！と苦々しく思っていたらしい。確かに、世の中の景気が良かった小学生の頃は、お菓子の質も量もより充実していたかもしれない。わたしは、ずっとその時の余韻を引きずっていて、今年はあれだが、来年はもっとたくさんお菓子がもらえるだろう、と根拠のない希望を抱いていた。やはり幸せそうだ。

ところで、わたしの記憶の中にある地蔵盆は、いつも晴れていたように思うのだけれども、台風の中の地蔵盆、というものがあれば、ぜひ訪ねてみたいと思う。お菓子があって、近所の友達と雨と風がある、ビニールシートが張られたいつもと違う路地である。きっとびっくりするぐらい楽しいだろう。わたしに絵心があれば、こっそり絵を描きたい。マネの『草上の昼食』みたいに。誰も裸ではないけれども。子供たちはあわててシートの四隅に石やブロックを置き、飛んでいくゲームのカードを追いかけて、雨の中に出て行く。

❖八月二十五日ごろの二十四節気＝処暑《しょしょ》　七十二候＝綿柎開《わたのはなしべひらく》（綿を包む萼《がく》が開く時期、の意）

季節のことば：夏休みの終わり

夏休みの黄昏

もう、どれだけ時間が早く過ぎると体感してもいいので、丸めてごみ箱に投げ捨てたい度が年々上がっている日本の八月である。それでも、子供の頃は夏休みがあるので八月は楽しみな月だったのだが、それも二十日までの話だと思う。あれ、なんか、永遠に続くと思ってたのに、あと十一日しかないんだなあ、でもそんなにあったら十分か。そして次の日、あと十日かあ、と思う。そのまま落ち着かない感じでだいたい二十五日まで過ごし、あと一週間、と気付く。それでもまだ一週間あると思う。だってそんなに長い連休もないし、冬休みの一月一日まで来た程度だと思えば軽傷だ。そして二十八日に、あと四日と思う。これからゴールデンウィークだと考えよう。そして、そして……。

夏休みの終わりは、ひたひたと確実にやってくる。大量の手を付けていない宿題を引き連れて。黄昏《たそがれ》、という言葉があるが、まだ自分の中で定着していないので、夕方をたそがれ時と思うことはまずないのに、夏休みが終わる感触こそはたそがれだと理解している。やばい。じわじわ終わる。魔法が解ける。

そういう時にこそ、わたしは忙しく動き回っていたと思う。もう、人生が終わっていくことにじっとしていられないとばかりに、友達の家に押しかけて、宿題の共同作業に従事していた。だいたい、国語を担当していて、人手が足りなければ英語も少しやったと思う。数学の問題を解いた覚えは一問もない。長期の休みごとにそういうことをやっていたような気がするので、わたしはたぶん、まともに五教科の宿題をしたことがないのではないか。だからこんな偏った人間になってしまったのか。

けれども、勉強のしかたとしてはどう考えても間違っているのだが、仕事としては優れたシステムであったあの共同作業は、今も興味深いと思う。ああすると、全員が自宅でばらばらに苦労するはずが、一日か二日会合を持てばあら不思議、五教科分のワークがまあまあ見られる程度に埋められるのである。あまりにあのシステムが好きで、そのことを小説に仕立てたこともある。誰が言い出したのか定かではないが、あれは悪知恵ではなく純粋な知恵である。得意なことには知恵を貸し、不得意なことは堂々と知恵を借りろという。

それ以外にもわたしは、「宿題をやる」という名目で、実に日常的に友達の家に入り浸っていた。高校の宿題も、友達の家でやっていたと思う。中学は同じだったが、別の高校に進学した友達の家を毎日のように訪ね、毎度拝借していたCDラジカセにソニック・ユースなどを突っ込んで聴いていたら、ある日、「実はそれ妹ので、使うなって怒られたんやけど」とおずおずと言われたこともあった。あれは今でも鮮烈に覚えている「恥」

の感覚である。何回も行っていたせいか、油断して表札を見ずに隣の家にのしのし入って行ってしまったこともあった。驚くのは、玄関で靴を脱いで、廊下で見たこともない小型犬に遭遇するまで、隣の家に入ったということに気が付かなかったことだ。わたしは、すたこらと隣の家を後にした。幸い、家主さんには見付からなかった。

今、一人で文章を書く仕事をしていて、無性にあの時のことが懐かしくなる。時間に追われながらも、気心の知れた誰かと作業を手分けしたくなるのである。どの中学生さんか、高校生さんか、わたしを宿題の集まりに入れてもらえないだろうか。古典は苦手ですが、現国はまあまあできます。代わりに、随筆などのネタ出しをお願いします。実質書くのはわたしなんで、簡単なお仕事だと思います。

❖八月三十一日ごろの二十四節気＝処暑《しょしょ》　七十二候＝天地始粛《てんちはじめてさむし》（暑さがだんだん収まってくる時期、の意）

季節のことば：田んぼ

田んぼの恐怖

ここは田舎だなあと思える風景の要素はそれぞれにあると思うのだけれど、わたしにとってそれは田んぼだ。田んぼがある＝田舎、田んぼがない＝田舎ではない、という非常に単純な区分だけが、頭の中にある。本当は、田んぼに囲まれた特急の停まる駅があることも知っているし、田んぼのない山奥があることも理性の部分ではわかっているのだが、小さい頃にその分け方が身に付いてしまったので、それがなかなか頭から出ていかない。

自分の世界観というものを見出しつつあり、なおかつその輪郭がもっとも単純だった小学一年の二学期に、わたしは生まれ育った大阪府堺《さかい》市の住宅地を離れて、阪南町《はんなんちょう》（今は阪南市）というところに引っ越すことになった（この連載で何度も登場している海沿いの町である）。家のローンが払いきれなくなった、という、今考えるだに何をしてるんだ親、という理由なのだが、当時はわたしの喘息《ぜんそく》の治療のため、と説明された。じっさい喘息は苦しかったので、それは仕方がない、とわたしは納得したのだが、本当に何のアナウンスもなく、ある日の朝「引っ越す」と言われた。親もどう説明したものかわからなかったのかもしれない。自分が親ならあの時、どう子供に言って聞かせただろうか、とわたしは今でもときどき考えるのだけれども、そもそもローンを払いきれなくなるような家に住もうとはしないので、それは愚問であると言える。

とにかく、わたしは「家しかない」という界隈《かいわい》から、「田んぼだらけ」という場所で暮らすことになった。自分はまあまあ都会の子供のつもりだったのだが（それも今考えると言うほどではないのだけど）、それがいきなりこんな何もないところで生活するのか、と衝撃を受けた。その象徴が、駅から自宅までの風景の半分以上を占める田んぼである。わたしはそれまで田んぼを見たことがなかったので、道路から一段低い場所に広がる、えんえんと続く平たい緑のそよそよを、美しいもの、恵みをもたらしてくれるものというよりは、何か自分の生活が耐え難いほど退屈なものになっていくことの象徴のように受け取っていた。結果的に、二年にわたる田んぼに囲まれた暮らしは、それほど退屈なものではなく、住んでいる団地の子供同士の人間関係はひどかったものの、学校では良い友達に恵まれ、そこそこ良い小学校低学年の時期を過ごさせてもらった。けれども、人生で初めて田んぼを見た時の痛切な不安は、今も体の中に残っていて、ときどき、またあの場所に引っ越すということを夢に見る。

そういうわけで、田んぼは見た目にきれいではあったが、わたしの生活からアーバンな起伏が奪われてしまったことをあらわすものであったため（だから言うほどでもないって）、視界に入ると不安な気持ちになることがよくあった。大人になった今でこそ、田んぼはきれいだと言えるのだけれども、子供からしたら、立ち入り禁止の緑の空間でしかないわけで、学校の友達とも、ことさらに田んぼについての感慨を話し合ったことはない。田んぼを良いとも悪いとも言い合ったことはない。

ただ、田んぼは無言の恐怖の対象ではあった。わたしたちはまだ、死を想像することはできなかったが、田んぼに落ちると戻ってこられないかのような気持ちで、田んぼと田んぼの間の道路を登下校していた。「田んぼの中の土はどろどろしていて、落ちてしまうと自分の力では出てこられないんですよ」というようなことを学校の先生から聞いたからなのかもしれない。そして、持ち主のおじさんに死ぬほど怒られる、とも耳にした。なんでそんな怖い空間が、柵もなしに道路の脇にえんえんと広がっているのよ？とわたしはひしひしと理不尽さを感じた。

さまざまな怖いことはあったが、わたしのクラスの生徒たちにとって田んぼに落ちることは、そのうちの上から三つのどこかに入っていたのではないだろうか。登下校の間に、小学生同士のどんなぎりぎりの攻防があっても、誰かが誰かを田んぼに突き落とすということはなかった。それは禁じ手だったのだ。一度だけ、小学生なりに友達というわけではない、顔は知っているけれども学年が違うので、という生徒が田んぼに落ちたところを見かけたことがあるけれども、その時の、「実際に落ちた人」という存在を目にしたさいのショックといったらなかった。彼女はただ、田んぼの端っこに立って道路を見上げているだけで、それほどの危機的状況ではなかったのだけれども、わたしは今もその光景を昨日のことのように思い出せる。

田んぼにはいろいろな表情がある。苗を植える前の何もない時、苗を植えた直後のかわいらしい緑の産毛《うぶげ》を生やしているかのような青い時、緑の茎と葉が青空の下に生い茂っている時、金色に色づいて稲穂を垂らしている時。そして収穫の後。落ちてはいけない、突き落としてはいけないのは苗を植えた後〜お米が実っている状態の時である。田んぼが湿潤である時期だ。稲がお米を宿すまでの、大変重要な時であるとも言える。

田んぼについて考えていると、本当のところ、わたしたちは田んぼに入りたくて仕方がなかったのかもしれない、と思う。あんなにどこまでも続く緑の場所に分け入っていきたくない子供はいないのではないだろうか。しかしそんなことをしてしまったら、お米の収穫に支障が出る。田んぼにまつわる怖い話は、田んぼを子供たちから守るために編み出された大人の知恵なのかもしれない。今は、田んぼに入っていきたいとはなんとか思わないまま、お米の恩恵にあずかることができている。

❖九月五日ごろの二十四節気＝処暑《しょしょ》　七十二候＝禾乃登《こくものすなわちみのる》（稲が実る時期、の意）

おじいさんとおばあさんがいました

季節のことば：敬老の日

街なかで、お年寄りとそのお孫さんと思《おぼ》しき二人連れを見かけるたびに、心底うらやましくなる。たまに後ろをついていきそうになる。これは危ない、と思いなおし、彼らが今後も仲良く過ごせるように祈る。人生の中でのその時間の短さを知ったからなのだと思う。子供が祖父母について回る時間がまずそんなに長くないし、お年寄りだって無限に時間があるわけではない。お年寄りが子供を遊びに連れていることは、普通のことのようでいて、実はちょっと奇跡的なことなのかもしれない。

わたしは、自分の母方のおじいさんがすごく好きだったし、おばあさんも、いろいろ葛藤があったとはいえ、やっぱりとても好きだったのだ。子供の頃の幸せだったことといえば、店をやっているおじいさんがチラシで作るメモ帳に、値札を書くための油性ペンでえんえんと絵を描いていたことや、おばあさんに百貨店に連れていってもらったことだ。帰りはいつもタクシーだった。わたしの頭の中では、おじいさんは普通で、おばあさんはお金持ちだった。二人は夫婦だったのになぜそんな格差が生まれていたのかわからないのだが、とにかくあんなに簡単にタクシーに乗る人を、わたしは知らない。おじいさんは糖尿病であったため、どら焼きを毎日四分の一ずつ食べるという理性の人で、おばあさんも糖尿病だったくせに、でかくて四角いおせんべいの缶の中に、山ほどお菓子を隠し持っていて、わたしはときどきそれを盗み食いしていた。母親は見事に、祖母の「でかい缶の中にお菓子を隠し持つ」という習性を継承したが、今のところ糖尿の気配はないらしい。

二人は、わたしが二十六歳になるまでに相次いで亡くなり、わたしは二十七歳で太宰《だざい》治《おさむ》賞をいただいたので、子供の頃からなりたいと言っていた小説家になったのだということは報告できなかった。生きていて、どうしてもっと歯を大切にしなかったんだとか、もっと真面目に日韓W杯を観ておけばよかったとか、いろいろな後悔があるのだが、祖父母が生きているうちに新人賞をとれたよと言えなかったことが、もっとも大きな思い残したことと言える。

特におじいさんに関しては、植木がとても好きな人で、盆栽をたくさん持っていたり、一人で「花博」に出かけたり（家族とは行きたがらなかったというあたりが本物）、最晩年には、植木市に行こうとして自転車で出かけたまま数時間行方不明になったりと、何かと植物に縁がある人で、二十代後半あたりから、だんだん植物のおもしろさに傾倒してきている自分としては、今おじいさんと話したいことがたくさんある。

敬老の日の話ではないけれども、太宰治賞をいただいてから最初のお盆に、祖父母の墓所にお参りにいった日のことはすごくよく覚えている。強い雨の降っている日だった。わたしは、初めて納骨堂という場所を訪れ、規模の大きなお寺でしか見かけない緑茶のサーバーに感心し、来場者ノートのようなものに、小説家になりましたよというようなことを書いた。当時は本も出ておらず、何の仕事もなかったけれど、その報告がどうしてもしたかったのだった。少しだけ覗《のぞ》いた納骨堂は、しんと静まり返っており、どこまでも同じ形をした小さな納骨壇が続いていく様子は、どこかSF映画じみて見えた。とても不思議な余韻を残す一日だった。

祖父母が健在の頃、自分は十分に敬老できたかと思う。明らかにできていない。わたしが生まれてから、祖父母が亡くなるまでの間、わたしの生活は、余裕がなくなっていくことにおいて常に右肩上がりで、おばあさんが亡くなった時に不況でピークを迎え、小説の投稿をする決意をした。自分が小説を書いていることは、祖父母の存在と入れ替わりなのだとも言える。

それで、今年は何かお供えがしたいなあ、と思ってインターネットを見ていたら、いきなりおじいさんがやたら好きだったカステラが出てきて笑ってしまった。おじいさんが怪我《けが》をして家から出られなくなった時、おじいさんの好きそうなカステラみたいなものを近くで何か買ってきてほしい、と頼まれ、カステラみたいなものか、と考えたあげく、カステラと同じような長方形のケーキに、クリームとチョコレートがのったものを買って帰ったのだが、おじいさんは、こんなんがのってるものはわしは好かん、と頑として食べなかったのだ。じゃあ上のは取って食べたら、と言うと、おじいさんは、いちいちクリームとチョコレートをこそげ取りながら、しぶしぶ、不思議なぐらいいやそうに食べていた。日頃はおじいさんが機嫌を損ねることはまずなかったのだが、本当にあの時のおじいさんはむかついていた。今度はちゃんと、おじいさんの好きだったメーカーのカステラを買おうと思う。

❖九月十日ごろの二十四節気＝白露《はくろ》　七十二候＝草露白《くさのつゆしろし》（草についた露が白く見える時期、の意）

季節のことば：いわし雲

絹のうろこを持ついわし

内輪の話で申し訳ないのだが、今回のテーマ候補が、十五夜、秋の七草、さんま、ぶどう、萩、セキレイ、いわし雲、とすごく地味で縁のないことばかりになっていて、編集担当さんに心配されている。確かになあ。十五夜なんかやったことないし、秋の七草はお粥《かゆ》にして食べるわけでもないからよく知らないし、魚介類が苦手なのでさんまは食べられないし、ぶどうは好きだけどやっぱりなかなか食べないし、萩に至っては、なんのことだかもよくわからない（秋の七草の一種らしい）。

セキレイに関しては、おそらくうちの近くによく来ていて、早朝に鳴いているのだが、むしろこの季節は夕方のスズメの鳴き声のほうがすごい。えらいことになっているとすら言える。ある時間になると、窓を閉めていてもすさまじい鳴き声が聞こえてくるので、いったいどんなことになっているのか、空が火事にでもなっていっせいに逃げ惑っているのか、と窓を開けて確認すると、近所の電線やテレビのアンテナの上に、スズメがびっしりと並んでいて、鳴きまくっていた。電線から間違ってスズメが生えてきたかというぐらいの頭数が揃《そろ》っていて、壮観と言ってもいい具合である。スズメって、ときどき曲がり角のマンホールに十羽ぐらい集まっている、かわいらしい野鳥ではなかったのか。しかし、夏から秋にかけての夕方のスズメは一味違う。町内中に反響するような勢いで、横一列に並んで鳴き倒すのである。夕方のスズメと比べたら、早朝のセキレイなんてかわいいもんである。

そういうわけで、いわし雲が残った。心もとないが、問いかけてみる。あなたはいわし雲をよく見るか？　そうでもない、という答えが返ってきそうだが、回数はそんなにないものの、印象には残っていると思う。

会社員だった頃は、朝は会社の最寄り駅から東の方向に歩き、夕方は西に向かって帰っていっていた。これが何を意味するのか。夏場における日差しの地獄である。出勤時は、高くなり始めた太陽の直射日光が降り注ぎ、退勤時には、西日が襲い掛かる。文字通り、襲い掛かってくるのである。覆《おお》い被《かぶ》さると言ってもいい。帽子をかぶって出勤していたが、本当に朝も夕方も顔を上げられないのだ。眩《まぶ》しくて。まっすぐに前を見ることも難しい。それが、九月のある日、会社から出てふと、西に向かって歩くことがそんなに苦痛でないことに気が付くのだ。あれ、なんだ、うつむかなくても大丈夫になったぞ。そして少しずつ頭を上に傾けてみる。そこにはときどき、夏には見かけなかった細かい筋がぶつ切りになった雲が貼り付いている。ああ積乱雲じゃないのか。いわし雲は、そういう小さな節目の瞬間に目にする雲である。

手持ちの小学館の学習百科図鑑『天気と気象』によると、いわし雲はうろこ雲ともいい、正式には、巻積雲《けんせきうん》または絹積雲《けんせきうん》とも書くそうだ。どれもいい名前だと思う。その図鑑では、雲の十種の雲形が紹介されていて、たとえば、地面近くにできる積雲（わた雲、もっとも雲らしい雲）や乱層雲（雨雲）、縦方向に十キロメートル以上も盛り上がることがあるという積乱雲（入道雲）、中ほどの高さにできる高積雲（ひつじ雲）、高層雲（おぼろ雲）などに対して、いわし雲は、巻雲《けんうん》または絹雲《けんうん》（すじ雲）、巻層雲または絹層雲（うす雲）のように、空のいちばん高い場所にできる雲とされている。

こう言われるとはたと、「もう秋だね。空が高くなってきた」というような、よく述べられているし自分もうっかり使ったこともあるかもしれないが、実は正確な実感がつかめていなかった物事の正体が見えてくる気がする。なるほど、いわし雲は空の高い場所にできるので、それを見上げると、相対的に空が高くなったように感じるというわけだ。秋は、空が高くなるのではなく、雲が高いところにあるのだろう。「絹積雲」という名前は、とても美しいものを連想させるが、季節がそんな繊細さも繰り出すデリカシーをまとうのが秋なんだということなのかもしれない。人の生活に土足で踏み込む夏よさようなら。

ちなみに、「女心と秋の空」という物言いがあるけれども、昔はむしろ「男心と秋の空」という言葉の方が主流だったそうだ。秋の空、そんなに変わるだろうか？　という疑問も含めて、わたしには、男女に関係なく心変わりしやすい人とそうでない人がいるだけだと思える。心変わりしやすい人は、小学一年の時に買ってもらった『天気と気象』を三十年間所持し続けていないだろう。渋い内容の図鑑だなと思うのだが、雲の名前が知りたくて選んだことを覚えている。考えごとの項目が少なかった子供にとって、二度と同じには見えない空の雲の名前を知ることは、一大事だったのだ。

❖九月十五日ごろの二十四節気＝白露《はくろ》　七十二候＝鶺鴒鳴《せきれいなく》（せきれいが鳴き始める時期、の意）

ツバメと縁結び

季節のことば：燕去る

刺繍《ししゅう》が好きなのだけれども、毎日刺しまくっていると、図案集などで提案される図案だけでは物足りなくなってきたのか、気がついたら海外の無料のクリップアートをアホみたいに漁《あさ》っていたり、しまいには自分で描けやしないかと模索したりし始めていた。絵心がないにもかかわらずである。クリップアートに関しては、修道士とか消防士とかガスマスクとか、もう完全にこじれきったものを主に探し、自分で描こうとしていたのは鳥の絵である。鳥は、刺繍のモチーフとしてはとても一般的で、べつに自分で描けるようになる必要はなかったのだが、わたしは鳥が大好きなので、そのうちすぐに図案集の鳥を刺し尽くしてしまうだろう、という危惧があった。ので、刺し尽くさないうちから、鳥の絵の練習を始めるという、不気味な段取りさんぶりを発揮していた。

平凡社から出版されている『日本の野鳥650』を資料に、わたしは夜な夜な（正確には夜中の仕事が終わってから絵の練習をするので、朝な朝な）鳥の絵を描きまくっていた。図案集にはない鳥を、ということで、エトピリカやカケスやアジサシなどを描いていた。こちらもやはり、かなりこじらせてしまっていたように思う。結局、練習した鳥の絵は、その後仕事が忙しくなるといううきわめて通常の事態によって、刺すということはないまま放置している。

わたしはそうやって鳥の絵の練習をして、鳥の図案のレパートリーを増やすことによって何を避けようとしていたのだろうか？　ツバメを刺す日が来ることをできるだけ遠ざけようとしていたのである。

そうなのだ。わたしはツバメがとても好きだ。鳥そのものが好きで、ならどの鳥と一緒に過ごしたいかというとどうしてもヨウムになってしまうし（話せるし）、何か崇《あが》めるような感覚で心に留めているのはワタリアホウドリなのだが、見た目という側面ではツバメが好きだ。尾が尖《とが》っていて二股《ふたまた》に分かれている、というあまりにも素早そうなフォルムをしていたり、そのわりには喉《のど》が赤くてかわいらしかったり、本当にすてきな見た目をした鳥だと思う。

そういうわけなので、ツバメは刺繡のモチーフとしてもときどき登場する。わたしはその図案と出来上がりのページを見比べながら、この鋭い尾っぽはサテンステッチではなくアウトラインステッチで刺すのかあ、できるかなあ、くーっ、などと独り言を言う。それが自分に不可能だと激しく思っているなどというわけではないのだけれども、どうしてもツバメの図案は、もっとひどく落ち込んだ時に刺したいと決めている。

というか、刺繡の図案までもプールするか、と思う。だいたいわたしは、「この『フレンチ・コネクション』のコメンタリーはもっと大変な時に見よう……」などとそういう保留コンテンツを持ちすぎだ。そうやって、ＤＶＤ、音源、本などをたくさん、消費しないまま手元に置いてきたのだが、刺繍の図案までもか。

　好きすぎるために遠巻きになってしまっているツバメだが、さらに悲しいことに、この季節には越冬のため、南へと去っていくらしい。そういえば、半年前に買った陶器のツバメのブローチは、付け始めて一か月もしないうちに、尾の部分が欠けてしまった。その後ボンドで補修はしたものの、ショックは大きい。実はツバメの巣を見たことも、奈良の民家の軒先で一度あるだけだ。わたしは、ツバメが好きなわりにあまり縁がない人間なのかもしれない。

　なので、ツバメが南に去る今こそ、ツバメを刺す時なのではないか、という気がしてきた。縁がないのなら無理矢理作るのである。ツバメが迷惑がっても作る。刺しまくるぞツバメ。でも問題が一つある。刺しまくれるほど、ツバメの図案というのはないのだ。だからまた『日本の野鳥６５０』の出番だ……。刺繍をするためにまずは絵の練習から始める。ツバメへの道のりは相変わらずなんだか遠い。

❖九月二十日ごろの二十四節気＝白露《はくろ》　七十二候＝玄鳥去《つばめさる》（燕《つばめ》が南に帰る時期、の意）

季節のことば◆彼岸花

もっともふしぎな華

お彼岸がいつかよくわかっていなかったひどい大人なのだが、ヒガンバナのことはよく考える。葉っぱがない。花はきれいだけど形がなんだかまがまがしい。茎に毒があるらしい。一週間だけ咲いていて、いきなり消えると聞いたことがある、などなど。

小学生の頃に持っていた植物図鑑のヒガンバナのイラストのことも、よく覚えている。他の花と比べて、ヒガンバナは異彩を放っていた。まず茎が真っ直ぐすぎて、自然のものとしては座りが悪い感じがするし、サクラソウ、とか、ヒマワリ、とか、コスモス、といった花らしい花とかけ離れているのはもちろん、モウセンゴケやハエジゴクといった植物界のカルトヒーロー的存在（小学二年生比）とも距離をおいた、孤高というか、まさしく彼岸の存在であった。しかも異様に目立つ。

毒について、知りたいような、知りたくないような気がしながらネットで検索してみると、子供が友達にヒガンバナを食べさせられそうになった、という世にも恐ろしいスニペットが表示され、もうそれ以上調べるのはよした。やめろそんなことは本当に子供。食べさせようとした子供は、毒があるとわかっていたのか、いないのか。というか、触るのさえ怖いだろうヒガンバナは。道端に生えているとはいえ、カラスノエンドウとかオオイヌノフグリなんかと比べるのは申し訳ないぐらいの完成度と威圧感なので、野草と戯れることがかなり好きだった小学生のわたしでも、一切手を出さなかった。親にも、触るなと言い付けられていた。

ちなみに、わたしの小学一年の頃の友人には、道端の花を帰り道の暇つぶしに食べるくせがあったのだが、彼女にとってヒガンバナはどういうものなのか、今更訊いてみたくなった。彼女が、よその家の花壇や植木鉢のものには手を出さず、あくまで野のものしか食べなかったのは、彼女なりの分別なんだろうと思う（ちなみに、よその家の植木鉢になんとなく育っている野生のものは食べていた。見分けていた）。わたしが小学一年の二学期に転校してしまったので、その花を食べる友達とヒガンバナを見かける機会はなかったのだが。

わたしにとって、野草は小学校からの帰り道のもので、ヒガンバナもその例外ではない。二つ目の小学校は田舎にあって、通学路は田畑だらけだったのだが、その通学路と国道の間の坂道にある田んぼの傍らに、ヒガンバナは極めて限定的な期間のみ咲いていた。その場所は、母親がパートをしていたスーパーの裏手でもあった。当時は父親が仕事をしたりしなかったりしていて、専業主婦だった母親は、生まれて初めてパートに出るという経験をしていた。小さいスーパーだった。

それ以来、長い間ヒガンバナを見る機会はなかったのだが、阪急京都線の線路脇に咲いているのを、約二十年後ぐらいに見つけた。それでやっと、お彼岸とヒガンバナが自分の中でつながったのを覚えている。毎年、敬老の日の周辺には、祖父母が納められている納骨堂にお参りに行く。ものすごく弔いの意思があるとかではなくて、納骨堂が未だに珍しいから、なんとなく行くのだ。その数日後に、京都に遊びに行く特急の窓から、ヒガンバナの群れを見た。それで、ありえないぐらい祖父母が亡くなったことが思い出されたのだった。

だからヒガンバナは、わたしにはとても私的な花なのだろう。特に見たいと思っていなくても、不意にそこに現れる。私的なことは、そんなに気分が良くなることではないし、日常から逸脱することでもない。今年は見ていないけれども、それでも鮮明に思い出される。ヒガンバナは記憶の中にある。

❖九月二十三日ごろの二十四節気＝秋分　七十二候＝雷乃収声《かみなりすなわちこえをおさむ》（雷が鳴らなくなる時期、の意）

季節のことば：新米

お米の謎

新米の季節でございますね。この十数年は、スーパーに売っているどんなお米を、一年のいつ食べても大抵おいしいように感じるのだけれども、新米と聞くとやはり心躍る。新しいお米である。日本人はお米を食べて生きているので、体の一部が新調されるような感覚があると言っても過言ではないだろう。

いや、わたし自身がお米を死ぬほど好きだというわけではないと思う。どちらかというと、パンやうどんの方が好きかもしれない。しかし、お米を食べない日が続くと落ち着かなくなるし、そのことに気が付いたら、もう居ても立ってもいられずにお米を求める。時間と気力があればごはんを炊き、なければ牛丼屋に駆け込むかお弁当を買ってくる。パンやうどんには、そういう切迫感はない。あくまで、食べるとうれしい、という次元のものである。なので、パンを焼いた時よりもうどんを茹《ゆ》でた時よりも、ごはんを炊いた時の方が何倍も、いい仕事をした！　という気分になる。一回で二合炊くと、向こう三日ぐらいはごはんが食べられる、という安心感と同時に、自分の生活を少し良くした、という感触がある。わたしにとって炊飯は、洗濯と並んで、二大「とにかくやったら気が晴れる家事」なのだった。

実際、お米が炊けるようになってからとそれまででは、世界が違うような気がする。わたしは、母親とあまり好きな食べ物が似ていないので、わりと昔から自分で簡単な料理をしていて、うどんやパスタやじゃがいもといったメジャーな炭水化物の調理は手がけていたのだが、お米を日常的に炊くようになったのは最近のことだ。なんというか、漠然とした話で申し訳ないのだが、炊ける気がしなかったのだった。

どうしてあんなに頑なそうなつぶつぶが、水分を含んで炊飯器の中でふっくらするのか。炊飯器という、それなりの大きさの専用の機械が必要なことも、わたしの敬遠に追い討ちをかけた。煮る、焼く、揚げる、という作業によって、食物が加熱されて食べれるようになることは理解できる。目に見えて、色や形や硬さが変わったりするからだ。けれども、炊飯器の中で何が起こっているのかは見当もつかない。神秘ですらある。小学生の頃、キャンプに出かけて「はんごうすいさん」でお米を炊いたことがあるのだが、あれで炊飯の謎が解けるどころか、よりわけがわからなくなった。どうしてあんな空豆みたいな形の容器を使うのか。しかも妙に深々としている。時間もすごく掛かったし、お米って難しい、と思うだけだった。

そもそも、人類はどうしてお米なんてめんどうなものを食べようと思ったのか、という話をしたことがある。炊飯器が中で何をやっているのかわかっている人にさえ、お米は複雑な食べ物だと思う。収穫して、脱穀して、精米して、糠《ぬか》が薄くなるまで根気よく洗って、炊いて、ちょっと待って、やっと食べられる。パンも大概だと思うけれども、お米も難しい。きゅうりなんか、収穫したら洗ってすぐに食べられるというのにである。しかし、主食という概念がなさそうな太古の昔から、手間がかかってもやっぱりこれだろ、ということだったのか、とにかく日本の人はお米を選んだ。

お米を含まない食事は、「楽しみ」であって「腹ごしらえ」ではない、とわたしはいまだに思っている。お米以外のものを食べた時の「おなかいっぱい」は、どうしてもお米を食べた際のそれには及ばない。どれだけ苦しくても、この満腹感はしかし、二時間後には雲散霧消しているのではないか、また次の食べ物を探すのか、因果な……、という無常さは、お米にはない。お米を食べたので、次の食事までぜんぜん持つ、と自信を持って生活ができるのである。お米にまつわる腹持ち信仰は根深い。

いつも食べているお米なのだから、特別おいしいわけでなくても仕方がないと思う。しかし、新米の季節がやってくるのである。複雑な過程で口に入るお米が、来る日も来る日ももうまいわけだ。基本的には、人より動物の方が合理的でえらいと思っているのだけれども、人間に生まれてよかった、と感じ入るのは、そういうことに気が付いた瞬間である。

❖十月一日ごろの二十四節気＝秋分　七十二候＝蟄虫坏戸《むしかくれてとをふさぐ》（虫が地中に掘った穴をふさぐ時期、の意）

キンモクセイの内と外

季節のことば：金木犀

もう長いこと、自宅に庭があるという状況にないのだが、一歳から六歳まで住んでいた一軒家には、細長い庭があった。とても大きな庭だったように思う。門から玄関までは、緩やかな石段になっていて、その両側には、園芸が好きな祖父の手による、さまざまな植物が植わっていた。おじいさんの植えるものなので、基本的にはそんなにぱっと見て華やかという感じではないのだが、バラがちょっとだけ咲いていたことを覚えている。あとは、クチナシとツバキとキンモクセイである。特に、庭を通るたびに目に入るのはキンモクセイだった。わたしは子供心に、もっとチューリップとかパンジーとかペチュニアとかを植えてほしいんだけど、とかすかな不満を感じていたが、訴えることはしなかった。

キンモクセイがたくさん植わっていたのは、母親の趣味だったようだ。キンモクセイは、小学一年にもならない子供からしたら、花なのか、花のなりそこないの小さい植物なのかわからないほど存在感の薄い花だったが、ある日母親に、これはキンモクセイといって、とてもよろしい花である、と紹介され、やたら香りの強い、そのあまり花の醍《だい》醐味《ごみ》がないように感じる花を、どうもいい花らしいと認識した。人生で初めての、そしてそれからしばらくの間の主な用事は、その庭で栽培していた三つ葉を、お吸い物の具にするために採りに行くというものだったが、わたしは三つ葉を収穫しに行くたびに、キンモクセイの横を通って、いい匂いだけど地味だなあ、とちょっとがっかりしていた。三つ葉の用事は、そのうちに、ネギを採ってきてちょうだいに変わった。

母親は、かなりのキンモクセイ好きらしく、トイレに置いてある芳香剤「サワデー」すらもキンモクセイの香りのものだった。わたしは、母親について買い物に行くたびに、なぜ絶対にキンモクセイなのか、バラとかではいけないのか、と疑問に思っていたが、何しろ子供には母親のやることは絶対なので、何か決まりでもあるのだろうと黙っていた。もしかしたら、「たまにはバラにしてくれ、ピンク色なのがいいから」と主張したら通ったのかもしれない。けれども母親は、そのバラの「サワデー」がなくなると、またキンモクセイの「サワデー」を買ってきただろう。庭にはキンモクセイだし、トイレには「サワデー」だし、その家はそこらじゅうがキンモクセイだったわけである。

それにしても、三十六歳にもなって改めて、「サワデー」という語感の異質さに立ち止まってしまう。調べてみると、公式には、「サワやかなDAY」を略してとのことなのだが、ほかに、タイ語の「こんにちは」である「サワディー」に由来しているという説もある。どちらでもいいけれども、「サワデー」って妙にすてきな語感だと思う。子

供の頃の私も、その硬軟取り混ぜたかのような語感に惹《ひ》かれていたのか、トイレに置いてある「サワデー」に興味津々《しんしん》であった。というか、しょっちゅう分解を試みては失敗していた。傘のようなふたのような、上に上がる部分を引っこ抜いて、中のゼリー状というかプリン状の部分を好きなだけえぐりたいというのが、わたしの子供時代の願望の十位以内に入っていたと思うのだが、傘は結局取れず、やっと開いた下の方の隙間から指を突っ込んで、いい匂いのするプリン部分にちょっと触るのが関の山だった。

その後、「サワデー」を使用しなくなっても、うちのトイレの芳香剤は、キンモクセイと相場が決まっていた。母親に任せておくと何でもキンモクセイを買ってくるようなのだった。なので、「キンモクセイはトイレの匂いがするよね」というよくある言説には、賛成ではあるのだが、それだけでは何か、キンモクセイを決定づけるものには至らない。花が地味だから、余計にそんなことを言われるのだ、自業自得だ、とおっしゃる向きもあるかもしれないし、わたし自身もつくづく、「サワデー」の紙パッケージを見ながら、残念に思っていた。

それでも、バンドのキンモクセイはキンモクセイと名乗っているし、まんがの『ピンポン』には、登場人物の一人であるドラゴンが「金木犀《きんもくせい》の香りがするね」と言う印象的な一コマがある。キンモクセイは秋のどこかの隙間に咲き、その香りは町を包み込むようにゆっくりと広がって漂う。それは、季節が暮れてゆくことをただ優しく見守っているようにも思える。見返りも求めずに。

❖十月五日ごろの二十四節気＝秋分　七十二候＝水《みず》始《はじめて》涸《かるる》（田畑の水を抜いて乾かし始める時期、の意）

ミミズは鳴かず

季節のことば・蚯蚓《みみず》鳴く

何がショックって、蚯蚓鳴くというこの時候の季語を、「トカゲなく」と読んでいたことだ。トカゲは蜥蜴と書く。すぐ出る。当たり前だ。ＩＭＥが処理してくれるんだから。それにしても、泡沫とはいえ小説家として漢字が読めないのはいけないだろう。

また、トカゲで考えていた文章のプランも総崩れなのであった。『原色細密生態図鑑世界の動物４　両生類・爬虫類《はちゅうるい》』（講談社刊）を出してきて、トカゲの項を熟読していたのに。これは図鑑を「１　無脊椎《むせきつい》動物」に替えなければいけない。ちなみに、「４」では、シロハラミミズトカゲという、ミミズそっくりのトカゲを見つけた。トカゲだけど脚がなく、体全体に細い縦筋が入ってて、地中に暮らしている、と書くとまるでミミズなのだが、全長五〇センチあるらしい。それは要するにものすごく大きなミミズではないのか。南アメリカにいるそうだ。見たら腰を抜かす自信がある。その下に描かれていたフタアシミミズトカゲには、前脚があり、全長二〇センチである。こちらは小さいので、だいたい半径三〇センチぐらいまでは近付けるだろうと思う。

気を取り直してミミズである。幼少の頃、ほとんど毎日というか、一日に二回は最初半ばで開いてみると、もう不可解なことばかりで気が遠くなってくる。動物の名前はカタカナで書かれているのだが、わたしに字を覚えさせるために、そこにはすべて、母親の無駄な達筆でひらがながふってある。「ミミズ」の下には「みみず」と書かれている。ちなみに、ミミズの左のページは「カイチュウ」で、もちろん「かいちゅう」と書いてある。回虫である。「(前略)……さいごに小腸で成虫となります。成虫のめすは、一日に二十万こものたまごを……(後略)」。読むんじゃなかった。泣きそうになりながら本を閉じるが、ミミズが鳴くのかどうか調べなければいけない。

ミミズには二ページが割かれていた。最初のページのお隣はカイチュウで、二ページ目はゴカイ、ヒルと隣り合っている。ゴカイはいいとしてもヒルはなあ……。なんだか殺伐とした気分になってきたので、他のページもめくってみるのだが、やはりすごく怖い。泣きそう、と書いたが、全ページ見終わる頃には、本当にちょっと泣いていた。B5のスペースいっぱいに拡大されて描かれたアシナガバチなんて、あなたは見たいだろうか。いやでもテントウムシなら耐えられそうだ、とよく見てみたら、アリマキを捕食しているところだった。それでも、この図鑑で字を覚えたということは事実で、幼稚園児のわたしは、毎日そういうものを見ていたわけである。カメムシのどアップ、オタマジャクシに口ふんを突き刺すタイコウチ、背中に幼虫を乗せて育児をするサソリ(よくせわをします、とのこと)、などなど。

一人でトイレに行けなくなる、という怖さとはまた違うのだが、夢に出てきたら本当に困るので、寝るのが怖い、と思う。他の項目に気を取られていたが、それでミミズは鳴くのだろうか？　やはりミミズは鳴かないようで、昔の人は、オケラが鳴いているのをミミズが鳴いているのと勘違いして、そのまま季語として残っているとのことである。おおらかな話である。土を食べ、体重と同じだけの土のふんを一日に排泄《はいせつ》するというミミズは、あの風体でいきなり風呂場や窓枠に出現する迷惑なゲリラ性を持ちつつ、農業に対しては益虫としての働きもしてくれる、人間に対してとてもニュートラルな立場にある生物と言えよう。

❖十月十日ごろの二十四節気＝寒露　七十二候＝鴻雁来《こうがんきたる》(雁が北から渡ってくる時期、の意)

季節のことば：夜長

秋の夜長を待ち望む

夏から秋になるのは、とてもありがたいことである。暑くなくなる。それだけでもうれしいのに、日照時間が短くなるなんてなんと喜ばしいことか。明け方に、カーテンとカーテンの境い目から漏れる光が弱まり、その様子を凝視して、よし秋だ、と思う。夏場のその光は、まるでバーナーのようなのだ。夏の明け方に、わたしはまるで、隠れ家の扉を焼き切られるような気分になる。朝だけど、ぜんぜん仕事が進んでいない。夏の朝は、光も暑さも詰問してくるみたいだ。

それぞれの季節に良いところがあるけれども、気候は秋がいちばんありがたい。そのままじわじわと冬になるだけだからだ。春も悪くないけれども、忍び寄る夏の気配が恐ろしい。いやむしろ、夏はがぶり寄ると言ってもいい。夏は足音がでかいし声もでかい。夏だぞ！　暑いぞ！　照射するぞ！　むしむしもするぞ！　わしに備えろよ気を遣えよ！　捕まえるぞ！　どこに隠れても逃がさないぞ！　わははははは！　夏は嫌いを通り越して怖い。夏が人なら一生会いたくない。街ですれ違いそうになったら顔を伏せる。テレビに映ってもチャンネルを変える。

夏の悪口が長くなった。それと比べると、秋は憂鬱でうすら寒くて穏やかだ。書いていて、まるで自分の気性のようだと思う。個人的に、冬より秋の方がぼんやり気分が沈むことが多いのは、冬は寒いので防寒に明け暮れ、落ち込んでいる暇がないからだろう。

春休みも夏休みも冬休みもあるのに、どうして秋休みはないのか、二学期は長すぎる、我々には休みが必要だ、と憤懣《ふんまん》やるかたなかった小学生の頃は遠のき、今は秋がありがたい。なんといっても夜が長くなる。仕事がしやすくなる。秋は夜が長いから夜なべでもしましょうと言うまでもなく、わたしは年がら年中夜なべをしているわけだが、夜なべにも適した季節とそうでない季節がある。秋と冬は夜なべ向きだ。

わたしがどのぐらい夜なべに深入りしているのか。具体的に言うと、風呂から出てきて時計が午前三時を示しているのを見かけると、あと一時間したら仕事しよう……、などと思うレベルである。会社員だった時は、だいたい三時前から仕事をしていた。わたしは常に頭の中が曇っているので、夜中だから特別頭が働く、ということもないのだが、とりあえず、宵の口にけっこう寝た、という保証が自分の体に対して必要なので、だいたい二十一時か二十二時ぐらいから眠って、二時台に起き出し、そこからいろんな準備をしたのち、小説を書いている。

夜中の三時なんて想像もつかない、と言う人もたくさんいるかもしれない。わたしも昔はそうだった。三時はオールナイトニッポンの終わる時間で、そこから先は何の娯楽もない深淵《しんえん》だった。そこに取り残されたら、朝が来るまで孤独に過ごさなければならない。ラジオの生放送は、自分以外の起きている人を確認する唯一の手段だった。本を読んだり、音楽や録音した別の回を聴いたりするよりは、心強さが格段に違った。それに、次の日が休みならまだいいけれども、平日だと最悪だ。学校に行かなければならないうえに、眠れなかったとなると、日中にどんな悲惨なことになるのかは目に見えている。

そんな心細かった時期と比べると、今は図太くなったなあと思う。午前三時に起きている人なんていくらでもいることを知ったし、いちいちそのことを考えなくても、平気で録画したドラマを観たり、手芸の本を眺めたり、仕事をしたりしている。さすがに外を出歩いたりはしないけれども、この世界に遅い時間などないのではないかという気がしてくる。

午前四時にもなると、何をするともなくぼんやり過ごしていたわたしは、だいたい観念して、お茶を淹《い》れるために、電気ケトルに水を汲《く》みにいく。台所のある部屋からは、向かいの家の裏の様子が見える。玄関がこちら側の通りにないので、向かいの家に誰が住んでいるのかは知らないのだけれども、不思議なことに、そんな深い時間でも電気がついていることがある。自分も大概な宵っ張りなのに、どうしたんだろう、と毎回思う。わたしも、どうしたんだろう、と思われているのかもしれない。

❖十月十五日ごろの二十四節気＝寒露《かんろ》　七十二候＝菊花開《きくのはなひらく》（菊の花が咲く時期、の意）

季節のことば：貯蓄の日（十月十七日）

消えた三十万円の謎

十月十七日は貯蓄の日だという。自分が、大人になった、ではないけど、ある程度社会的な人間に届いたな、という実感を得たのは、親から貯金通帳を持たされた時のことだった。高校一年だった。なぜかまず、定額貯金の通帳をもらった。お金が貯まったら、ここに貯金するのよ、と言われた。貯金したら半年は引き出せない。こいつはクルクルパーだから、すぐ引き出せてしまうような口座ではだめだ、と母親は判断したのかもしれない。貯金通帳というものを持ったことがないわたしは、「お金を入れたら半年は引き出せない」という状態を、この世界のスタンダードと考え、こづかいの余りや、短期アルバイトのちょっとしたお金が入るたびに、千円単位でちびちびと貯金した。お金が、財布にある不安定な現金から、しっかりとした数字に変わっていくことが何よりうれしかった。

その後、郵便局の普通口座が母親から解禁になり、わたしのそれまでの貯金の常識はくつがえされた。入れたらいつ出してもいい。えらいこっちゃ。勤勉に定額貯金をしていたわたしは、便利な普通口座に夢中になり、最初に手に入れた定額貯金の通帳は過去のものとなった。

　話は変わるが、貯蓄というと、どうしても思い出してしまう出来事がある。十年は前のことだと思う。「最近ほんとにだめなんですよ、三十万がどっかいったんですよ」と、会社の納会で隣に座っていたKさんという人に打ち明けたのだ。Kさんはおそらく忘れているだろうけれども、わたし自身はしつこく覚えている。だって三十万がなくなったのだ。一大事だ。

　ずいぶん久しぶりに記帳に行くと、思ったより残高が少なかった。当時も、わたしのメインの口座は郵便局のもので、会社から振り込んでもらっている銀行口座にある程度貯まると、郵便局に移すということをずっとやっていた。自分の行動範囲に郵便局のATMが多いのと、クレジットカードの引き落とし口座が郵便局のものだったからだ。

　年の暮れも押し迫ったある日の夜中、しげしげと貯金通帳を眺めたのだが、やっぱりどう考えても三十万ぐらいない。日付とお金の動きを仔細《しさい》に追うものの、数字に弱いせいか、いまいち理解に苦しむ。問題が発覚する一年前に辞めた、最初に就職した会社から振り込まれた月給は、すべて郵便局の普通口座に移動させていたので、その総額について、何か勘違いをしていたとしか思えない。しかしである。わたしはかなりはっきりと手持ちのお金の額を記憶しているつもりだった。ぜったいに、今の残高よりも三十万多く貯金していたはずなのだ。どういうことなのか。

そして歳月が流れ、三十万円問題は、「よくある自分の勘違い」ということで片づけられる運びとなった。そうだわたしはお馬鹿さんだ。貯蓄額を間違えるなんてお茶の子で起こりうる。自分の頭なんて信用するな。

それがである。かの忘れ去られていた定額貯金の通帳が、引き出しの奥から見つかったことで、三十万円問題は新たな展開を見せたのだった。どうも懐かしい黄緑色の表紙を、「あの頃は親にだまされてたな、フフ」などとひとしきり眺めたのち、また口座を使ってみようと利率を調べて、あまりの低さに落ち込み、通帳を開きもせずにまた引き出しの奥にいったんはしまった。更にその後、引き出しの整理のために通帳を取り出し、なにげなくめくってみて驚いた。そこに入金されていたのである。わたしが前の会社の納会でKさんに愚痴った、消えたはずの三十万円が。

布団《ふとん》の上であぐらをかいて通帳を眺める、という、「三十万がない」ということを確認した当時とほぼまったく同じ体勢で、十数年後、「三十万がある」ということを確認したわたしは、再会を喜びながらもおののいた。なんであなたここにいるのよ。日付を見ると、最初の会社から次の会社に移るまでの失業中だった。最初の会社で貯めたお金を切り崩しすぎないために、半年引き出せない定額貯金の口座に移したのではと推測するが、真相は闇の中である。

ともあれ、最近判明したこの事実に、わたしはどきどきしている。それは過去の自分からの贈り物であると同時に、「三十万をどこにやったかわからないずぼらな人」の烙《らく》印《いん》でもあるからである。このところ、毎日その定額貯金の通帳を眺めている。もし郵便局に行って、「このお金なら、忘れられていたんで無効になりました」なんて言われたらどうしよう。三十万円はどうもあったらしい。しかし、問い合わせたりなどしてその実態を確認することは、どうにもできない。

❖十月十七日ごろの二十四節気＝寒露《かんろ》　七十二候＝蟋蟀在戸《きりぎりすとにあり》（きりぎりすが戸のあたりで鳴く時期、の意）

季節のことば：赤い羽根

赤い羽根の非日常

友人の友人であるAちゃんは、誰かの悪口を頭の中で言い始めると、募金をするようにしているそうだ。友人のSさんと、人に対して悪いことを思うのをやめたいねえ、自分も傷付くからね、というような話をしている時に聞いた話だ。わたしは、この話がとても好きで、けっこうな確率で思い出してはちょっと笑ったり、感心したりしている。悪い思考に捕らわれた時に、自分で「こんなことはだめだ」などと戒めたって、頭の中で起こっていることはそう簡単に変えられない。しかしAちゃんは、そこに金銭的支出をはさむことによって、悪口思考を遮る工夫をしながら、結果的に善い行いもしている。とても賢いやり方だと思う。

募金というものに対する意識は、よくよく考えると不思議である。使うお金ではないし、捨てるお金でもない。物やサービスが来ないままに、お金は確かに自分の手元から消えるが、いやな気持ちにはならない。むしろいい気持ちになるというか、その言い方が偽善的だとしても、まず後悔はしない。返せとは思わない。もともと持っていなかったお金、という認識になるような感じもする。箱に入れるような募金は小額だからこそそう思うのかもしれないけれども。お賽銭《さいせん》とも似ている。

わたしが初めて募金をしたのは、小学一年の二学期から三年の一学期まで通った小学校でのことだと思う。小学校の校門にだったか、道すがらの農協の前にだったか、その日になると募金箱を持った人がいて、わたしは十円だか十五円を渡し、赤い羽根をもらっていた。なぜお金を持っていたのかは覚えていない。連絡帳やプリント類などを見て、親が持たせてくれたのかもしれない。わたしはその日を楽しみにしていた。いいことをした気分になれるうえに、羽根までもらえるのだ。小学校低学年の子供にも、奉仕の精神のようなものはある。親の手伝いはできるけれども、他人に向けてそれが発揮されることはあまりない。だから、自分の渡したお金が、何か善いことに使われるという実感は貴重だった。

赤い羽根には、裏側に透明なシールがついていて、制服などに貼れるようになっているのだが、粘着力が弱いのか、だいたい一日で赤い羽根を付けて学校で過ごす時間は終わった。小学生のわたしには、羽根に対する一応のこだわりがあって、できるだけフサフサした大きいものが欲しかったのだが、たいていいつも、小さめの羽根をもらっていたように思う。なので、同級生の付けてもらった羽根が、いつもフサフサしていて大きく見えていた。「隣の花」ならぬ「隣の羽根」である。個人的には今でも、「花」ではなく「羽根」で、自分に対する他人の優越をとらえている。主に、飲食店などでなかなか自分の注文を聞いてもらえない時などに。でもわたしは小さい羽根の子供だからな、と折り合いをつけるのである（そして躊躇《ちゅうちょ》せずに大きな声で店員さんに呼びかけられるようになった）。

今は、わたしの生活の動線上に赤い羽根共同募金の活動はないようで、赤い羽根をもらうこともめったになくなってしまったのだが、数年前に駅前で、通勤中に呼びかけられたことがあって、その時も勇んで募金をし、赤い羽根をもらった。やっぱりうれしかったのだが、なぜかその日じゅうになくしてしまった。赤い羽根は手元に残らないものなのかもしれない。もっとも、ずっと持っていられたら、小学生の募金に対するモチベーションは少し落ちてしまうだろう。小学生が赤い羽根にひきつけられるのは、日常で手に入れる機会がまったくないものだからなのだろうし。

冒頭のAちゃんとはまた違うのだが、ある年、あるスポーツの大会期間中に、思い余って募金に行った。自分の善行が、何かの足しになればいいと考えたのだった。結果、応援していたチームは優勝した。そして次の年、彼らはその大会で、惨敗《ざんぱい》とは言わないまでも、その前の年ほどの結果は残せなかった。申し訳ないので誰にも言っていないが、あの時あの選手の体調が悪かったのは、わたしが募金をしなかったせいだ。

❖十月二十五日ごろの二十四節気＝霜降《そうこう》　七十二候＝霜始降《しもはじめてふる》（霜が降り始める時期、の意）

季節《きせつ》のことば：新蕎麦《しんそば》

そばの町で新そばについて

今回テーマをいただくにあたって、新蕎麦というものを初めて意識した。それはそうだ。そばにも収穫の時期があって、それを早めに食べたらおいしいというわけである。そば粉を販売している日穀製粉のサイトによると、九月から十一月に採れたものを年内に食べる「秋新《あきしん》」と呼ばれるそばが新蕎麦ということになるらしい。また新しい食べ物が現れ、何を食べるかという日々の悩みが深くなってゆくのを感じる。おいしいそばは本当においしいもんなあ。おいしいうどんも本当においしいけど。

そんなふうに、ついついそばというとうどんを持ち出してしまうのだが、これが愚問だというのはなんとなくわかっている。バーグマンとモンローを比べるようなものだ。ジャンルが違う。けれども、カップめんにおいては、個人的にはそば派である。鴨《かも》だしのが安く買えるのがいちばんうれしいのだけれども、そうでなければ天ぷらそばを買う。天ぷらがいつまでもバリバリした状態であることが望ましいので、袋に入れたままやにわに砕き、少しずつそばに投入しながら食べる。これでいつまでもバリバリだ。書きながらなんだか幸せを感じているのだが、どうにもこだわりすぎて恥ずかしい姿ではある。

実は、この原稿は、締め切りを破ってしまった後に書いている。先月からこの連載の掲載サイクルが変わったため、先月から締め切りの日も変わったことを失念したまま、旅行に出てしまったからだ。原稿どうしたんですか？　という連絡を頂戴した場所は、盛岡だった。平謝りして、出題されたテーマを確認すると「新蕎麦」がある。わんこそばが名物の盛岡で、そばについての原稿を書いていないことについて問い合わせが来る。なんなのだこの情けないタイムリーさは……。確かにそばはよく食べた。新しいかそうでないかはよくわからないのだが、とにかく、盛岡での四回の食事のうち、三回はそばだった。わんこそばも普通のそばも食べた。このへんはそばにめかぶとか入れるのか！と驚き、帰る直前だからもう食べられないのに、駅のスタンドのそばの写真をいつまでも見上げていた。そばよ。盛岡よ。

人生で初めて食べたわんこそばは、本当においしかった。「そばを噛んで味わったりしてたら失敗しますよ」と同席してくれた支局の新聞記者さんに注意されたにもかかわらず、もう一杯目から、うまい……、とぼんやりして、ずらずらと並べられたとりそぼろやなめこおろしといった薬味を少しずつ入れながら、味に変化を付けつつ、悠長に執《しっ》拗《よう》に堪能《たんのう》してしまった。わたしが、うまいうまいとうざいぐらいに言いながら食べている両隣で、ストイックにそばを食べ続けていたお客さんが、体感的には一瞬で百杯を突破してしまったりして、自分はわんこそば屋ですら浮く人間なのか、とかすかに悲しみを感じながらも、やはりおいしかったので、うまうまと頑なに言い続けた。最終的には五十三杯食べた。多くもなく少なくもない、微妙な結果である。

わんこそばは、食事というかスポーツだった。商談とか打ち合わせにはぜんぜん向かない。でもすごく楽しくて、気が付いたら我を忘れてそばのことばかり考えているし、食後には一緒に食べた人と打ち解けている。このへんの感覚も、かなりスポーツだと思う。そば以外はどうでもよくなる。ひたすらそばを食べていると、とても健全で単純な気持ちになる。もし自宅の近くにわんこそば屋があったら、行き詰まるたびに行ってしまいそうな気がする。

そんなところに「新蕎麦」というおごそかな言葉を目にし、ますますそばのことで頭がいっぱいになってきている。旅行に行ったので今週末は遊びには行けないのだが、そばだけでも食べに行きたい。もちろん今晩も買ってきた乾そばを湯がく所存である。

ちなみに、担当さんから出題されたテーマには「栗」もあった。こちらも、栗の菓子パンを日々仕事のお供にしているため、縁が深いので、「新蕎麦」とちょっと迷った。旅行にも持っていったのだが、あまりに好きな銘柄を持っていったため、温存しすぎてホテルの冷蔵庫に入れっぱなしで帰ってきてしまった。賞味期限が切れているはずなので、捨てられてしまうのかなあと思うと悲しい。わたしにもう少し勇気があれば、それ、おいしいんですよ、差し上げます、とホテルの従業員さんに知らせたいところだ。

❖十一月一日ごろの二十四節気＝霜降《そうこう》　七十二候＝霎時施《こさめときどきふる》（小雨がときどき降る時期、の意）

季節のことば：蓑虫《みのむし》

ミノムシの王国

ふとんにぐるぐる巻きになるのがとにかく好きだ。ちゃんと端っこから自分を巻いていく。そして頭の方のをちょいちょい丸め込んで、完全にふとんの中に入ってしまう。自分がふとんになったような気がする。もしくは、巻き寿司の具、もしくは、まるごとバナナのバナナになった気がしてくる。しかし、やはり決定的な「ふとんぐるぐる巻きの自分」のセルフイメージは、ミノムシかと思われる。わたしはふとんの暗闇の中で、「…………」と口を開ける。一応生きてはいるのだが、微動だにしない。「…………」。何もしない。何も考えない。幸せだ。やがて外側から見た、わたし自身を丸めこんでしまったふとんを想像する。それこそが真の姿であるように思える。ふとんの中に包まれている自分こそが、完全体であるような気がしてくる。普段のわたしは、仮の存在に過ぎない。本当はわたしは、ミノムシなのである。

そういうわけで、人類の中では比較的、ミノムシを意識して生活しているほうだと思う。まあ、夏場はそんなふうにぐるぐる巻きにもなれないので、ミノムシ化は季節にもよるのだが、秋も深まり、そういう日々がまた訪れたというわけである。大変喜ばしい。

エアコンの設定温度とか、敷布団《しきぶとん》と接する背中が熱くなってきていやだとか、そんな余計なことは考えずに、ただ単純にぐるぐる巻きでいられる。秋は優しい季節だ。肌寒いぐらいにしておいてあげるから、好きな装いで防寒なさい。

ミノムシになるかならないかは別としても、好きなものはふとん、という人はたくさんいらっしゃると思う。なんといっても、ふとんは電源がいらない。かぶっていたらだんだんあたたかくなってきて、眠ることができる。快適に関するさまざまな指標、道具はあれども、その中でも最高の一品であろうと思われる。ふとんを好きな人のことを何と称すればいいんだろうか。フトナー。フトニシャン。フトニスト。なんでもいいのだが、世の中の七割ぐらいの人はフトナーなんじゃないだろうか。

仕事が終わって朝方にふとんに入ると、幸せと安堵のあまり、なんだかわけがわからなくなってきて、ざまみろ的な気分になって、ヒヒヒヒなどと言い出す。会社員だった頃は、帰宅してカバンを下ろし、部屋着に着替えると同時に突っ伏し、「今日も帰ってきたよぅおおぉ」だとか「いつもありがとうございますぅう」などと訴え、しまいに、「ふーとーん、ふーとーん」と枕を叩《たた》いてふとんコールをしていた。どうかしているのだが、それがなんだというのだ。

そんなふとん教の狂信者と成り果てたわたしだが、子供の頃は、ふとんで寝ることが退屈だった。幼稚園でいちばん嫌いだったのは、昼寝の時間だ。「何もしない」ことが本当に苦痛で、隣の女の子にちょっかいをかけてはいやがられたり、いつまでも話をしようとして先生に怒られたりしていた。今でも、幼稚園や小学校低学年だった頃の自分が、どうやって眠くなっていたのかまったく思い出せない。眠くなる、という感覚があったのだろうか。今はこんなに、いつなんどきも眠いのに。

なので、本を読むための枕元の蛍光灯が、当時のわたしにはふとんよりも大事な存在だったのだが、いつまでも本を読んでいると、隣で寝ている親に蛍光灯のコードを抜かれるなどして消されてしまう。本もない。誰も話してくれない。わたしは、ふとんの中に取り残される。わたしは仕方なく、ふとんの中に潜って、ここは洞窟なのだ、だとか、ひたすら地べたの視点から部屋を眺めまわして、自分は虫だ、などと考えて暇をつぶした。

ミノムシになることは、その時に覚えたのだと思う。サナギというよりは、ミノムシ派だった。サナギの中身は液体だし、剝《む》き出しで固まっているかのような緊張感があるのだが、ミノムシはその点、よそから拾ってきたいろんなものをくっつけてその中にこもるので、想像しやすかったのだろう。

「…………」と口を開けるが、何も言わない。言わなくていい。家の中に別の世界があり、親の隣でわたしは、その人の子ではなく単なるミノムシになる。独立心というのでもない。ただ、あの自分をミノムシだと思うことにした暗闇の中には、子供の頃の王国があったのではないかと思う。今の自分が、それを持っているのか持っていないのかは、よくわからないが、安堵の種類の中でももっとも純度の高い安堵であることは間違いない。

❖十一月五日ごろの二十四節気＝霜降《そうこう》　七十二候＝楓蔦黄《もみじつたきばむ》（もみじや蔦が紅葉する時期、の意）

◇秋から冬へ

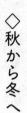

膝掛けを持った渡り鳥

季節のことば：渡り鳥

大阪の住宅地に住んでいて、そんなに渡り鳥と接することはないのだが、わたしはわりとよく渡り鳥について考えている。『ワタリドリ（WATARIDORI）』という映画が好きだからである。十年以上前の映画なのだが、いまだ、前売り特典のフランス製であるというワタリドリカードを入手できなかったことをときどき思い出して、なんで前売り買わなかったんだと後悔している。人生の十大後悔みたいなものを数えるとしたら、ランクイン確実の失態である。遊べるらしい、ワタリドリカード。遊びたかった。

『ワタリドリ』は、渡り鳥が飛んでいるだけの映画である。鳥、いいよな、というだけの映画だ。鳥を真横や上から撮影する時に驚かせないために、ジブリの映画に出てきそうな超軽量飛行機を開発し、一部の鳥は雛《ひな》から育てて、本当に撮影クルーを親だと思わせる「刷り込み」をしたという。DVDの特典映像のドキュメンタリーでも、鳥の集団がめちゃくちゃ人に懐《なつ》いてついていっていた。当時は、すごいなあ……、とただ驚いていたが、今考えると相当酔狂に思えて、ちょっとだけひく。しかしやはりすごい映画である。

鳥、いいよな、という気持ちを表現するためだけに、恐ろしいほどの手間をかけた作り手の側も大概だけれども、渡り鳥の側も大変である。北極から南極に渡るため往復でほぼ地球一周分を飛ぶというキョクアジサシや、雛に食事をやるために十五日で三万キロも旅をし、飛べるようになった若い鳥は風に乗って五年も陸に降りないというワタリアホウドリなど、もうわけがわからないことになっている。キョクアジサシについては、最近まで野鳥の図鑑を作っていたというこの連載の担当編集者さんが、「頭が下がります」とのことであった。確かに、鳥にとっては単なる習性でしかないことなのかもしれないけれども、思わず尊敬してしまうスケールである。鳥が飛んでいるだけという概要に対して、作り手の情熱も対象も破格だ。DVDを観なおした後にいろいろ調べて、ワタリアホウドリのことばかり考えているのだが、だいたい三十年ぐらい生きるらしく、五十年生きた個体もいるし、理論上は八十年ぐらい生きられるらしい。なんというか、人間でいるのがばかばかしくなったりしながら映像を観ていると、くちばしをやたらカタカタ鳴らしまくるコウノトリや、一列に長く長く並んで、お互いに盛んに鳴き合いながら歩いていくイワトビペンギンなんかは、人間がまだ感知していない、ものすごく斬新《ざんしん》で奥深い娯楽を持っていたりするんじゃないかと勘繰りたくなる。

盛岡を訪ねた時には、中心部の東側を流れる中津川《なかつがわ》沿いで、たくさんカモを見た。ハクチョウも来るらしい。うちの家の前の川に渡り鳥が来ました！　という素敵な出来事が起こるわけである。しかもサケが遡上《そじょう》するらしい。市街地なのに生態系が豪華すぎだ。大阪でも渡り鳥は見られないのか、と少し調べると、環境省が、大阪城公園における渡り鳥の飛来状況をまとめてくれていた。カルガモ、コガモ、ヒドリガモ、ホシハジロ、キンクロハジロなどが来るそうだ。カモならわかるけれども、ハジロと言われるとわからない素人なので、キンクロハジロの画像を検索してみると、黒い半身に黄色い目で、頭の後ろ側へと垂れ下がった冠羽《かんう》があったりして、なかなか主張が強い感じである。

本当は、今回は、自分が会社員だった時に、昼寝の場所をうろうろと変えていたことについて書こうと思っていた。最初に仕事をしていた「製本室」という場所から、製本室が廃止された後に試験室に移り、そしてまた倉庫となった元製本室であった場所に戻ったものの、倉庫となっていたため、毎日のように入れ替わるいろいろな機器や試料の隙《すき》間《ま》を探して、頭から膝《ひざ》掛《か》けをかぶって眠りこけていた。あれは一種の渡り行為のようであった、という話なのだが、『ワタリドリ』を観なおすと、作り手も鳥も常軌を逸しているということに、自分のことはもはやどうでもよくなってしまった。会社を辞めた今は、仕事が終わるぐらいの早朝に聞こえてくる、姿の見えない鳥（たぶんセキレイ）の声が労《ねぎら》いのように聞こえる。

❖十一月十日ごろの二十四節気＝立冬《りっとう》　七十二候＝山茶始開《つばきはじめてひらく》（さざんかが咲き始める時期、の意）

ライフワーク千歳飴

季節のことば：七五三

七五三は、正式には、男の子は三歳と五歳、女の子は三歳と七歳を祝うものらしいのだが、わたしは三歳も五歳も七歳も祝ってもらった記憶がある。子供の生活には起伏がないので、七五三はとても楽しみにしていた。和服を着たり着せたりすることが好きな母親は、もっと楽しみにしていたと思う。ここぞとばかりに、子供に着物を着せて写真を撮る。しかしわたし自身は、着物を着るのが楽しみで七五三を心待ちにしていたわけではなかった。なんというか、母親とは、あまり趣味が合わなかったのだった。子供のわたしは、ちょっとけばけばしいぐらいのものが着たかったのだが、着物好きの母親は、自分自身の見立てにこだわり、子供には良さがわかりにくい、落ち着いたものをわたしに着せていた。わたしはいつも、べつにこれでいいけど、もっと派手なのがいいなあ、と思っていた。

ではわたしは、七五三の何を楽しみにしていたのだろうか。千歳飴《ちとせあめ》である。七五三といえばとにかく千歳飴を食べる日だろう、というぐらいに、わたしは千歳飴派だった。おもちゃとかも買ってもらっていたと思うのだが、今となっては、不二家《ふじや》の紙袋に入っている長い飴が、わたしの七五三への思い入れの大半を占めている。そもそも、不二家やタカラブネやコトブキといったチェーンの洋菓子屋自体が、幼少の頃の記憶と緊密に結びついていて、思い出すたびに軽く放心して何も手につかなくなるぐらいなのだが、特に七五三と不二家はセットになっている。さっきも、不二家のサイトの七五三特集のページを開いて唸《うな》っていた。なんと丁寧に祝ってもらえるものなのか七五三。千歳飴を、わたしは未だ食べ切れたことがない。三歳の時には、五歳になればな、と思っていただろうし、五歳の時は、七歳になったら全部食べられるはず、と思っていた。七歳で食べ切れずに、飽きるかベタベタにして袋から出せなくなった日には、敗北感に打ちひしがれたものだった。その後、わたしはオフィシャルに千歳飴を手にすることはなくなったが、少なくとも中一ぐらいまでは、千歳飴に似た「不二家の棒状のミルキー」に挑戦し続けたと思う。たしか、一本五十円から七十円の間で、とてもコストパフォーマンスが良かったからよく買っていたのだが、やはり完食した記憶がない。

その後、社会人になり、二つ目の会社の乗り継ぎで梅田を経由するようになってから、数年前までホワイティうめだにあった不二家で、やはり何度か千歳飴を買った。もういい年だったので、ちゃんと食べ切れたのだろうか。そのことはなぜか覚えていないのだが、店先で千歳飴を見かけた時に、「買わなければ」と思って摑《つか》んでいたことは強く記憶にある。千歳飴の完食は、私の三歳からのテーマなのであろう。

棒状のままが食べにくいのなら、袋から出さないで手で折ったり、テーブルの端にぶつけて小さくして食べやすくしたらいいんじゃないのか、と思うのだが、それは邪道なのである。歯でバキッとかじるのが良い。そして、金太郎飴状になっているペコちゃんの顔が、でこぼこになったり異常に横に広がったりする断面をときどき眺めながら、ひそかにニヤリとする。今のわたしの行動範囲に不二家はないのだが、無性にあの紙袋ごと欲しいような気がしてきた。今年は千歳飴を買いに行くつもりだ。血相変えて。

❖十一月十五日ごろの二十四節気＝立冬　七十二候＝地始凍《ちはじめてこおる》（大地が凍り始める時期、の意）

ボタンと夢想

季節のことば・ボタンの日（十一月二十二日）

女はボタンが好きだ。いきなりで恐縮だが、こういう決めつけの中でも、女性のボタン好きは、インド人とカレー、ドイツ人とビールほどではないにしろ、運動部の男子大学生とカツ丼ぐらいには信憑性《しんぴょうせい》の高いものであると思われる。

十一月二十二日はボタンの日であるという。なんでも、日本海軍の制服に金地《きんじ》桜花《おうか》のボタンをつけたネイビールックが採用された日だからなのだそうだが、そんなことは関係なく、女はボタンが好きだ。これに類する断言に、母親というのは、ボタンをやたら瓶に貯め込んでいる、というものがある。瓶かどうかは知らないけれども、わたしの母親も、相当ボタンを貯め込んでいるそうだ。わたしも、洋服を処分するときは、必ずボタンを取り外して、裁縫箱の中にしまう。別の洋服のボタンが取れてどこかにいってしまった場合などに、それを使用する。異論があるかもしれないけれども、わたしは、形と色と大きさが同じなら、それまで付けられていたものとデザインが多少違っていることは問わないほうだ。とにかく、自分が集めたボタンを再利用できる！　ということが大事なのだ。

　女性のボタン熱につけこんでか、街では最近、ますますボタンを見かけるようになった。ボタン専門店は当たり前のように点在しているし、手芸用品店ではない雑貨の店でもボタンはガンガン売られている。わたし個人としては、アメリカ製の、透明な袋にいろいろなサイズと形のボタンがぎゅうぎゅうに詰め込まれていて三〇〇円だとか五〇〇円という商品が気になって仕方がない。いやいや不揃《ふぞろ》いのボタンをそんなに持ってて何に使うんだよって感じだが、あれが無性に欲しい。先ほど、ボタンの再利用について暑苦しく肯定したが、ボタンには、ただボタンであるというだけの価値もある。何に使うのか。ときどき袋から取り出して、並べて眺めて楽しむんだよ。

　ボタンに限らず、手芸材料は貯め込みがちになってしまうものだ。先日も、ロハスフェスタという大きなバザーのようなものに行ってきたのだが、手芸材料を売る店と見るやいなやかっ飛んで行き、目を血走らせて物色していた。うおおこれは舶来のトーションレースだよ、二メートルが五本セットでこの価格とは！　などと、同伴した友人にやはり暑苦しく語るのだが、わたしの生活および人生の周辺で、トーションレースが使用された形跡はこれっぽっちもない。何に使うのか？　ただ持っているだけなのである。それではあまりに悲しいというのであれば、わたしは、あれこれ考えるためにトーションレースや変わった色柄形のボタンを入手するのである。いうなれば、心地よい夢想の原材料こそが、使用されない手芸材料なのである。作ることはすばらしい。しかし、作らないこともまた、心の糧《かて》になるのである。だから、身の程を超越した手芸材料を買ってしまう人間は跡を絶たず、わたしもその一人なのだ。

ボタンは中でもコレクション性の高いものだ。えーボタンが？　と疑問に思われたあなたは、最寄りのユザワヤのボタンコーナーにでも行ってみるといい。ごく普通のボタンから、原材料の高いボタン、繊細な文様が彫り込まれたボタン、アメリカ人が度を超した洒落《しやれ》を発揮して商品企画したメガネとかお城とかのボタンなど、小一時間ボタンにまみれられること請け合いである。ボタンを手にして考える。あのコートの一番目か二番目のボタンだけをこれにしてみる、ブックカバーに付けてみる、手持ちの服のどこかになにげに付けてみる……。夢は無限に広がる。

小さい頃わたしは、母親からもらったボタンをフィルムケースに入れて、大事に持っていた。動物の形にくりぬかれたもので、ときどき床の上に並べて悦《えっ》に入《い》っていた。それはボタンで、服やら何やらに付けるんですよ、ということはまったく考えず、眺めているだけで心が満たされた。ボタンは、サイズの限られた小さな実用品でありながら、静かな愉悦ももたらしてくれる。また、トーションレースとは違って、男性でも身につけやすい。男も女も、ボタンを好きになりましょう。

❖十一月二十二日ごろの二十四節気＝立冬　七十二候＝金盞香《きんせんかさく》（水仙の花が咲く時期、の意）

季節のことば：みかん

イトガワさんのみかん

母方の祖母はかなり我の強い人で、自宅では家族との衝突がけっこうあったのだが、なぜか家の外での評判はとても良く、友達の多い人だったと思う。家では気難しいのに、入院先ではなぜか「素敵なおばあさん」で通っていて、看護師さんの人気者だったらしいし、女学校を出ていて、その頃の同級生や、習い事の友人などの名前が家族の会話にのぼることも多かった。習い事の友人はともかく、女学校の同級生なんて六十年以上とかの付き合いなわけである。家族にはしていなかった気遣いを、外の友人にはしていたのかもしれない。

祖母の数十年来の友達の一人に、「和歌山のイトガワさん」という人がいた。もう一人、「ハセガワさん」という人もいて、わたしはこの二人をよく混同していたのだが、のちに、母親の説明により、イトガワさんはみかんを送ってくれる人で、ハセガワさんは好きな人が戦争に行ったため独身を貫き、どこかの生命保険の会社の課長か何かになった人だということがわかった。二人を同じ人だと思っていたわたしは、イトガワさん（ハセガワさん）は、キャリアウーマンをやりながらみかんの収穫までしていてえらいなあ、と子供心に思っていた。

　そうなのだ。祖母の友達のイトガワさんは、毎年我が家にみかんを一箱送ってくれていた。いや、子供の頃は、「みかんとは食べてもなくならないもの」という認識だったぐらいなので、一箱といわず、相当しょっちゅう送ってくれていたのかもしれない。イトガワさんからみかんが来たよ、と声を掛けられるたびに、わたしは、晩秋である……、そしてじきに冬だな、と一人感慨深くなっていた。たぶん、紅白歌合戦を観ながら食べていたみかんもイトガワさんのみかんだった。中学卒業ぐらいまでに、わたしが食べていたみかんの九九パーセントが、イトガワさんのみかんだったと思う。

　世の中にはいろいろなみかんがあるが、わたしには今もイトガワさんが送ってくれたみかんがいちばんおいしかったように思える（双璧《そうへき》が、小学校の給食で出た冷凍みかんか）。イトガワさんのみかんには、はずれがなかった。小ぶりで外皮が軟らかく、薄皮やすじごと食べられる。イトガワさんのみかんのおかげでわたしは、かなりの年になるまで、すべてのみかんは外皮をむいたらすぐに食べられるものだと思っていた。ネーブルを食べる時に、わずらわしいなあ、それに比べてイトガワさんのみかんはねえ、と思わず文句を言いたくなった。

　おまけにみかんは箱いっぱいやって来る。いつも身辺にイトガワさんのみかんがあふれていたせいで、わたしは親にみかんをねだったことすらなかったし、もちろん自分で

ぶどう

買いもしなかった。その時の気持ちをずっと引きずっていて、わたしはみかんを買ったことがない。今も買わなくていいと思っている。そしてみかん選びの自信がない。イトガワさんのみかんのクオリティのせいで、自分の中のみかんのハードルが無闇に上がっているためである。

祖母は亡くなり、うちの家は引っ越しをした。イトガワさんも亡くなられた、という話も、だいぶ前に耳にしたような気がする。なのにわたしは、イトガワさんのみかんを待っている。いつの間にか、イトガワさんから送られてきたみかんの箱が玄関に置かれているのではないかと期待している。きっとこれから更に引っ越したりしても、わたしはイトガワさんからみかんが届くような気がしているだろう。そして、祖母の外面《そとづら》の良さについて、苦々しいような微笑ましいような気持ちでなんとなく考えている。

◆十一月二十五日ごろの二十四節気＝小雪《しょうせつ》　七十二候＝虹蔵不見《にじかくれてみえず》（虹が見かけられなくなる時期、の意）

おでんのふところ

季節のことば：おでん

人が、もう世間は寒いのだと感じる兆候はそれぞれにあると思うのだけれども、わたしは断然おでんである。コートとかストーブよりおでん。服装や暖房器具は人それぞれの体感によるものだけれども、おでんの登場は確固たる世論である。コンビニでおでんが売られ始めるとちょっと安心する。おでんは温かく、お財布にやさしい。そして、わたしの弱りきった判断力にもやさしかった。迷ったらおでん。

わたしがおでんを食べるのは、いつも会社の昼休みだった。コンビニで買っていた。毎日の昼ごはんは、ほとんど一軒のコンビニから調達していて、たまに違うところに買いに行ったりもしたけれども、会社からの距離といい価格といい、いつも行っていたコンビニがいちばん手ごろな店だった。毎日コンビニだと飽きるだろう、と考える向きもあるだろうけれども、食品の種類がものすごく多く、頻繁に商品が入れ替わるので、飽きるということはあまりなかった。むしろ、選択肢がありすぎるので、今日はいったい何が食べたいのか？　と自問するのがわずらわしかった。昼休みの一時間前になると、昼ごはんについてひたすら悩み始めるのが日課だった。食べたいものがあったらそれで良いのだが、あまり何も欲しくないけれども、お腹《なか》だけは空いている、という日が厄介だった。

そういう時におでんがあると、とりあえずおでん、となる。比較的安く買えることと、そしてやっぱり、じかにあの枡《ます》目に仕切られた鍋から選んで買えることがうれしい。お湯をかけるだけ、とか、レンジで温めてもらうだけ、よりは、食事の楽しさがある。おつゆを多めにもらって、ゆでうどんも買う。おでんの中に投入するのである。最初は、好きな料理本にそのことが掲載されていて、個人的にやっているだけだったのだが、同じようにおでんとうどんを同時に買って帰る人がたくさんいたのか、いつの間にかうどんもおでんの具として加えられるようになった。更に、フリーズドライのネギまでもらえるようになり、おでんをめぐる状況が年々変化していることを間近で見守っていた会社での数年間だった。

おでんは、関西では関東煮という。かんとだき、と読む。母親は、本当によくお好み焼きや焼きそばを出す人だったのだが、関東煮もやたら作っていた。理由はよくわからないのだが、具がそんなに高価ではなく、煮るだけで作り置きもできるからだろう。しかし、家の関東煮とコンビニのおでんは、わたしとしては似て非なるものである。関東煮は、つゆがかなり濃い色をしていて、いかにも関東煮専用といった趣があったのだが、コンビニのおでんのつゆは、なんだか何を入れてもそれなりにおいしく食べられそうである。実際、関東煮にロールキャベツなんか入っていた例《ため》しはないけれども、コンビニでは、もうかなり長い間、定番として売られている。ラインナップに入れる時に、いろいろな議論があったはずだロールキャベツ。あれはケチャップで食べるものではないの⁉ とか、横文字ものをおでんに入れるなんて！ などという反発がおそらくあったことをよそに、すっかりあの枡の中に居付いてしまった。わたしもよく食べた。更には、あらびきソーセージとかハンバーグなんていうものまで、メンバーに加わっている。その一方で、大根やがんもどきやこんにゃくのような、おでんの具であることが食材の主たる役目の一つだというようなものも、しっかりそこにいる。新旧の具が混在してぐつぐつしているあの枡の世界の懐《ふところ》は、意外と深いはずだ。

おでんおでんと書いていたら普通に食べたくなったので、この文章を書いているとちゅうにおでんを買いに行った。会社を辞めて以来初めてである。おでんを食べなくなって、まだ二年も経《た》っていないはずなのだが、具の種類がますます増えていて、お品書きを見ているだけでふらふらになった。あのつゆの汎用性《はんようせい》はいったい何なんだ。すっかりくじけてしまって、一度諦めて店の外に出たぐらいである。しかもちょっと高くなっていた……。なんだったんだろう、あのお財布にやさしいというイメージは。もしかしてそんなに頻繁に七〇円均一をやっていたのか会社の近くの店は。枡目も大きかったしなあ。

しかし、買って帰って食べてみると、やっぱりおいしい、懐かしい味がする。午後からも仕事だけれども、とりあえずこれ食べたら二十分寝れる……、という地味な安堵《あんど》が甦《よみがえ》る。少し休んだら、また仕事をしよう。

❖十二月一日ごろの二十四節気＝小雪《しょうせつ》　七十二候＝朔風払葉《きたかぜこのはをはらう》（北風が木の葉を吹き飛ばすようになる時期、の意）

イゴール・アントンと心の役割のこと

季節のことば：国際バスク語の日（十二月三日）

国際バスク語の日というものがあるらしく、この連載の掲載日に近いらしい。バスクという地域にわたしは行ったことはないし、縁もないのだけれども、世界史の中でも重要な人物を輩出していたりすることは知っている。シモン・ボリーバルやチェ・ゲバラ、フランシスコ・ザビエルはバスク人だという。中三の時に『パチンコ地獄』というライブアルバムを耳にして以来、ずっと人生の要所要所で聴いているマノ・ネグラのフロントマン、マヌ・チャオの両親であるガリシア人の父とバスク人の母は、フランコ政権の際にフランスに亡命し、マヌはそこで生まれてマノ・ネグラを結成したそうだ。サッカー日本代表の元監督であるハビエル・アギーレ氏も、バスク系のメキシコ人らしい。アスレティック・ビルバオという、バスク人だけのサッカークラブもある。バスク人しかいないはずなのに、リーガエスパニョーラの一部にいる強いチームである。単一の民族だけで、リーガの一部で通用するスポーツクラブを作ってしまう。スペインからフランスにまたがるバスク地方に住むバスク人は、推計二七〇万人しかいないというのに。

かつて、エウスカルテル・エウスカディという、バスク人だけで結成されたサイクルロードレースのチームがあった。[*1] 最大のエースであったサムエル・サンチェスが、バスク地方ではないスペインのアストゥリアス州の出身であったりとか、末期にはチームの事情があって、さまざまな国の選手が加入したりだとか、いろいろあったけれども、基本的には、アスレティック・ビルバオと同じコンセプトのチームであったと思う。エウスカルテル・エウスカディ（以下エウスカルテル）は、二〇一三年、ヨーロッパの経済危機の煽りをくって、世界中のファンから惜しまれつつ解散した。バスクという言葉が出たのにかこつけて、わたしはこのチームにいたイゴール・アントンという選手の話をさせてほしいと思っている。まさか、この連載でこんな機会がめぐってくるとは思わなかった。いや、「バスク語」について書かなければならないので、べつにめぐってきてないといえばそうなのですが、アントンの話をさせてください。よろしくお願い致します。

イゴール・アントンは、スペインのビスカヤ県はガルダカオ出身のサイクルロードレースの選手である。一九八三年生まれ。山岳での登坂を得意とする、バスク人のクライマーである。一代を築くような選手ではないけれども、とても強い選手だと思う。エウスカルテル解散後は、スペインを拠点とするモビスター・チームに移籍し、その後、チーム・ディメンション・データを経て二〇一九年に引退した。

二〇一〇年の年末に、わたしはイゴール・アントンを知った。会社の冬季休暇の間に録画をえんえんと観ていたブエルタ・ア・エスパーニャ*2で、第八・九、第十一〜十三ステージまで総合リーダージャージ*3を着ていたのがアントンだった。しかしアントンは、第十四ステージのあと残り六・五キロという地点で落車し、リタイアを余儀なくされ、血まみれの体で親指を立てながらチームカーに乗ってレースを去っていった。

次の年、二〇一一年のジロ・デ・イタリア*4で、アントンは、ヨーロッパ最難関の山岳である、モンテ・ゾンコランを登る第十四ステージで勝つ。そしてそのまま、前年のブエルタのリベンジかと思われたのだが、さっぱり調子が出ず失望していたところで、十年ぶりにブエルタが通過するエウスカルテルの地元ビルバオにおける第十九ステージ*4でなんとか勝利した。その後は、顕著な結果を出すというわけではないが、山岳アシストとして働きながら、たまに登りで閃《ひらめ》きのようなものを見せつつ、エウスカルテル解散後の選手人生を送った。

アントンのことは実はよく知らない。活字になっているまとまった記事も一篇《いっぺん》しか読んだことはないし、去年同僚のサンチェスと共に淡路島にやってくるというイベントがあったのだが、来日を知る前からの別件が入っていて行けなかった（これが前に言及したロハスフェスタである。因果なものだ）。

それでもアントンは、噛みついたり頭突きしたりダイブしたり本を出したりはしない中、わたしにある一定のインパクトを与え続けている。アントンについての記述、発言の中で、個人的に印象に残っているものを以下に記す。

「イゴールはすばらしい才能を持つクライマーだけど、集団内での駆け引きがものすごくヘタなんだ。だから集団の中では必ず誰かをつけてやらなくてはいけない。彼を守ってくれる選手をね」（ロベルト・ライセカ氏談『CICLISSIMO』No.23 二〇一一年五月号）

「……でも正直に言うと、これまで一度だって勝てると思ったことはなかったんだ。説明しづらいけど、ブエルタに五回、ツールに二回、ジロに一回出場してわかることは、これを勝つのは並大抵のことじゃないってこと。……ただ、どこかで自分が勝てるわけはないと思い込んでいても、自分の持っているもの全部を打ち込む、という決意でいつも闘っていたよ」（本人談『CICLISSIMO』No.23 二〇一一年五月号）

「（上りの強さに定評があるけど、特別な練習をしているの？　という質問に対して）イエスでありノーだよ。まず、昔から上りが好きなんだ。それは自転車で峠を走るのはもちろんなんだけど、トレッキングとか山登り自体が好き。バスク地方の伝統として登山はすごく人気があるんだ。たくさんの山があるしね。ヒマラヤに登頂した有名な登山家でもバスク出身の人がいるんだよ。僕は山登りが好きということを表現する手段として、自転車を使っているだけという気持ちだね。本当に山が好きなのさ」（淡路島にて本人談　サイクルスポーツ.jp　http://www.cyclesports.jp/articles/detail.php?id=381　二〇一三年十一月八日
＊現在はページ消滅）

“El Giro ha sido muy duro, un infierno, pero también hemos encontrado algunos paraisos en el camino.”
「ジロはとても厳しかった、地獄だったよ、けれどもまた、その道程で、僕らは何か天国のようなものにも出くわしたんだ」
（エウスカルテル・エウスカディ公式サイトより本人談。筆者が保存していたものより引用。現在、そのページはおそらく消滅）

どうなんだろうこの人物は。あえてコメントは差し控えたいと思う。というかできない。

スアレスやロッベンが好きだ。あんな化け物みたいな選手たちが大好きだ。でも、この、痛切なまでの人間らしさはなんなのだろう。アントンはきっといい小説を書くのではないかと思う。スポーツ選手が持つべき妄執のようなものをあっさりと手放していながら、ある地点で心の本質を貫くような。わたしが一生かかって書くような軽さと重さを、一瞬で書いてしまうのではないか。けれども、もう一度言っておくが、アントンはただのおもしろい人ではなくて、強い自転車の選手だ。そのことを思い返して、ちょっとはっとする。

競技が人生になっている選手はいくらもいる。しかしアントンは、生きていることの中に競技があるということを感じさせる。そして、その生きていることの様子からも、ことさらな濃密さは伝わってこない。しかし、ジロ・デ・イタリアの道のりで「何か天国のようなもの」に出くわしたと思う心を持っている。そういう人がどこかで生きているということを知るだけで、人生はくそったれなものだが、その興味深さゆえに生きる価値はあると思えやしないか。

それにしても、心とはいったいなんなのだろう。どんなはたらきをするのか。悲しむものか、喜ぶものか。悼《いた》むものか、勝ち誇るものか。わたしは、突き詰めると、人間の中の世界が通り抜けていく場所、そうして捕まえた光のようなものを記憶して攪拌《かくはん》し、反射する場所を心というのではないかと思う。言うなれば、中村一義が〈1、2、3〉で歌った「光景刻む心」が、バスク人のサイクルロードレーサーであるアントンの中にもあって、それが彼に「何か天国のようなもの」を見せたのである。わたしには、そういうことを知る体験が、心というものが他者の中にも存在するということを実感する端緒であるように思える。

❖十二月三日ごろの二十四節気＝小雪《しようせつ》　七十二候＝橘始黄《たちばなはじめてきばむ》（橘の実が黄色くなり始める時期、の意）

＊1　二〇一三年に一度解散したエウスカルテル・エウスカディは、二〇二〇年、旧エウスカルテル・エウスカディに所属していたバーレーン・ヴィクトリアスのミケル・ランダが立ち上げた「フンダシオン・エウスカディ」に、エウスカルテル社がスポンサーとして参加する形で復活。

＊2　ブエルタ・ア・エスパーニャ：スペインで毎年九月に三週間かけて行われるサイクルロードレース。これとツール・ド・フランス、後述のジロ・デ・イタリアを併せて、三大グランツールと呼ばれる。

＊3　総合リーダージャージ：ステージレースのあるステージが終わった時点で、それまでのすべてのステージのタイムを足し、もっとも短いタイムでゴールしている選手が総合リーダー。レース最終日でこの状態の選手が、そのレースの総合優勝者となる。総合リーダージャージは、彼らが着る特別なジャージのこと。ちなみに、ブエルタは赤のマイヨロホ、ジロはピンクのマリアローザ、ツール・ド・フランスは黄色のマイヨジョーヌ。

＊4　ジロ・デ・イタリア：イタリアで毎年五月に三週間かけて行われるレース。

＊5　アシスト：集団の中でチームのエースを守ったり、山岳でエースを牽引《けんいん》したりする役割の選手のこと。

もらい手帳と手書きツイッター

季節のことば：日記買う

　この時分の季語である「日記買う」だが、このところ、人々はもっぱら「手帳買う」という様子なのではないか、と思う。日記の機能が、手帳とSNSに分散されているような。わたしは、日記、手帳、SNSのどれにもあまり興味がない。日記は一日に一回書くという枠がめんどうだし、手帳は軽くて書きやすければそれでいいし、SNSは始めたら二秒で炎上させる自信がある。

　だいたい手帳を買ったのは去年が初めてである。それまでずっと、会社の「新年いただき物コーナー」みたいなところにあった、他社のノベルティーとして頂戴する手帳を使用していた。手帳には、予定とその補足を書き込むことしか期待していないので、持ち歩きやすければどんなものでもいいと思いながら、「○○商工会議所」とか「株式会社××テクノロジー」みたいな金文字のロゴが入った手帳を酷使していた。どの年のものも、そっけない黒一色で軽く、使いやすかった。特に好みの外観ではなかったが、表紙に印刷された、あまりかわいくない金で押した招き猫などに次第に愛着を持っていった。

　それが去年、どうも景気の影響か、手帳が調達できなくなった。わたしは、自分でも驚くほど残念に思いながら、でも黒を卒業して明るい色のものを買えるとプラスに考えよう、と手帳売り場に行って、あまりの種類の多さに二時間ぐらい迷って、ちょっと遭難したような気分にもなりながら、結局、毎年他社のノベルティーとしてもらっていた「能率手帳」のシリーズのもの（現在は「NOLTY」）を購入した。毎年使っていたのは「能率手帳ウイック」で、わたしは少しケチって「能率手帳ライツ」にした。来年も「能率手帳ライツ」にすると思う。たぶん再来年も。知らない会社のグッズが、たまたま辿《たど》り着いた先の使用者の定番ブランドになるというのは、よく考えたら、遠回りに成功した販促なのかもしれない。

一日に一回つけるのが日記で、それがいやだと最初に書いたが、ゼロ回の日もあれば三回の日もあるというように枠をゆるめていただければ、日記帳のようなものは持っている。ある時、あるくだらないことでものすごくくよくよしていて、しかし誰にも相談するわけにもいかず、とにかくくよくよがこみあげたらここにつらいことを書きなさい、という態《てい》で、発作的に出張帰りにコンビニで買ったB6サイズ八十枚のリングノート[*1]なのだが、そのくよくよが一応去ってしまったあとも、かなりいろんなことを書いている。「仕事が終わったので、今から紅茶を飲みつつお菓子を食べながら『主任警部モース』を観ます（喝采《かっさい》）!!!」だとか、スーパーAとスーパーBにおける豚バラ肉の値段の比較だとか、「わさびごはんを食べたら落ち着いた」などといったことが書いてある。具体例を出すと食べることばっかりになってしまったが、海外ドラマの登場人物の悪口（それもチョイ役の子供）とか、昼間出かけた喫茶店のレジ女性を褒《ほ》め称《たた》える文もあった。まだあと数十枚残っているので、残念ながら、この十二月に買い換える予定はないのだが、まったく誰にも見せないから、どんなに短くても長くても文が変でも、何を書いてもいい、というこのノートは、「手書きツイッター」のようなものとして自分の中でも意外な好評を博しており、なかなか物事を続けられないわたしが続けられそうな珍しい習慣になっている。ちなみにその時に観た『主任警部モース』は、実は他の回ほどおもしろくなかった。そのいちばん盛り上がったのは、観る前のお茶を用意している時だったかもしれない。その時の自分に暴露してやりたいような、しかしやはりそっとしておいてあげたいような気もする。

❖十二月十日ごろの二十四節気＝大雪《たいせつ》　七十二候＝閉塞成冬《そらさむくふゆとなる》（天地の気が塞《ふさ》がって冬となる時期、の意）

＊1　リングノート：サンスター文具　Wリングノート B6「グランフィール」本文八十枚　B罫《けい》に三ミリ方眼が掛かっているというぜいたくなもの。

季節のことば：熊、冬眠

熊の楽しみ

この時期は、とても楽しい時期にあたるらしい。いただいたテーマ候補は、熊、冬眠、炬燵《こたつ》、しもやけ、焼芋だった。まるで、大雪が降ってきたので、熊が冬眠しようと穴にこもり、眠る前にこたつに入って焼き芋を焼きながらしもやけを眺めているかのようだ。わたしは、熊でもないし冬眠もしないし、自宅にはこたつもないし、しもやけもしばらくできていないし、焼き芋もなかなか食べないけれども、冬の楽しさが凝縮されているようなテーマが並んでいる。

熊がこの時期に冬眠を始めるというのは、とても共感のできる話だ。寒い寒い、とは十一月頃から言っているし、それなりの覚悟もしているものの、それでも十二月からの寒さとは比べものにならない。熊も、ぎりぎりまで活動しながら、この頃になると、もうあかん、となって巣ごもりをするのだろう。わたしも、毎日晩ごはんを作る前に散歩に出かけ、それをずっと楽しみにしていたのだけれども、最近はどうも腰が重い。あれを着てこれも身に付けて、と用意が長く、家を出ていくまでにとても時間が掛かる。夏場は午後七時になってもなんだか明るいという感じだった空も、十二月からはびっくりするぐらい早く陽《ひ》が落ちる。五時半にはもうまっくらだ。そして寒い。暗くて寒いのだ。

しかし、暗くて寒いので悪いことばかりというのではなくて、外がそんなふうだと、家にいることの幸せな感じが増す。夏はどこにいたって暑くて明るい。夏から逃げられない。けれども、日本の冬の寒さなら、暖を取る方法はけっこうある。温かい飲み物を作って飲んでもいいし、ストーブをつけてもいいし、膝掛けを掛けてもいいし、その全部をやっても良い。そしてぼーっとする。ちょっと過ごしやすくしただけなのに、外の寒さを知っているため、比較してまあまあ幸せである。冒頭の熊も、おそらくぼーっとしている。そろそろ眠いけど、何かもうちょっとできることがありそうな、もう一本ドラマを観られそうな、でもこのまま寝てしまいたいような、だったらその前にこたつやストーブを切らなければならないような、それは面倒くさいからもう少し起きているかというような気分だろう。焼き芋も食べなければいけない。

個人的に、動物図鑑の巣穴の図を見るのが好きで、できれば土に穴を掘って住みたいと思っているので、熊のことをよけいに考えてしまうのだろう。『ドラえもん』に、「アパートごっこの木」という、植えたら地下に部屋代わりの穴がいくつかできるという道具が出てきたのだが、まんがを読んだ当時あれが異常にうらやましく、今もかなりの頻度で思い出している。木のうろや自然にできた穴などを利用するという熊の穴は、いうなればワンルームという感じで、ある種の齧歯《げっし》類が掘るような3LDK的に複雑な巣ではないみたいなのだが、それはそれでシンプルで気楽かもしれない。秋に木の実やサケやシカなどを食し、冬は寝て暮らす。妊娠している場合は、冬ごもりの間に赤ちゃんを産むそうなのだが、そうでなければ単純にそんな感じだろう。図鑑を眺めていると、特にツキノワグマが楽しそうだった。「たべもの」という欄には、あけび、栗、どんぐり、クヌギ、ぶどう、花、カニ、アリ、はちみつなど、かなりの食べっぷりである。バイキングか、と思うと同時に、うらやましさを感じる。この熊なら、焼き芋だって焼きそうだ。

冬眠の前に最後に食べるものがこれか……、もっといいものがいいのかな、おいしいけど……、とこたつでうとうとしながら、ストーブの上で焼けてゆく焼き芋を眺める熊。そんなことはありえないのだけれども、そういう気分になることはとても楽しい。何もせずに家にいる時は、自分を熊だと思うことにしたらたぶん楽しい。

❖十二月十五日ごろの二十四節気＝大雪《たいせつ》　七十二候＝熊蟄穴《くまあなにこもる》（熊が冬眠のために穴にこもる時期、の意）

こたつアゲイン

季節のことば：こたつ

寒い……。こみ上げるように深刻な声音で言うが、寒い……。いやわたしは寒いのが好きなほうだけれども、立ち上がって水を汲《く》みに行ったり、用を足しに行く程度のことでも、かなりがんばって心を決めなければいけないのは困りものである。

寒さに対する最大限の努力はしているつもりである。靴下を三枚履くとか、レッグウォーマーだって重ね履きだとか、部屋着の上からシャカシャカ素材の裏地の付いたズボンを身につけ、綿入れ兼ガウンみたいなでかい上着も着る。お湯を沸かし、ひたすら温かいお茶を飲む。そして、夜中じゅう起きて電気をつけている罪滅ぼしに、ストーブは四五〇ワット以下の使用に限定し、エアコンもつけない。それでべつにそこそこやれているのでいいのだが、わたしはずっと物足りないものを感じながら、何か大切なものを見送ったまま生きているような気分でいる。

こたつである。わたしの部屋にはこたつがない。どころか家全体にもこたつがない。祖母が生きていた十年前まではこたつがあったのだが、母親が、こたつ布団《ぶとん》の洗濯がわずらわしい、という非常に単純な理由で取り払ってしまった。書いていて、心ない……、

とわたしなどは思ってしまうのだが、母親は母親なりのうっとうしさを感じていたのだろう。かくして、うちの家からこたつが消え、こたつのない生活を十数年送っている。

子供の頃は、暖房器具の出てくる順番というものを意識していたように思う。まず秋も深まった頃に石油ストーブが姿を現す。その次にこたつがでんと食卓の代わりに設置される。こたつと共に、問答無用の真冬がやってくる。その感じは、両親・弟と暮らしていた四人家族だった頃もそうだったし、親が離婚して、母親と弟と祖父母の五人家族になってからもずっと続いていた。家族の絆《きずな》、という言葉を持ち出されると気持ち悪くていやなのだが、祖母がずっとそこに入ってテレビを観ていたこたつがなくなってから、わたしは本当に、家族と食事をするということも、テレビを観るということもなくなった。みんな忙しくなったのだ。そして、興味の対象が重なることが完全になくなった。ちなみに、わたしが最後に母親とテレビを観たのは、日韓W杯の決勝戦ブラジル対ドイツだ。祖父の危篤《きとく》の続報を待っていた。あれは夏だったけれど。

一人でこたつに入って何かをしていることもよくあった。手芸が好きなのだが、日曜日のたびに、漫才の番組を見ながら、母親のミシンを借りて、こたつに入って何か作っていた。あれはあれで幸せな時間だったように思う。このように、わたしはこたつ大好きな人間であるため、せめて自分の部屋にだけでもこたつを置けやしないかと画策したのだが、これ以上部屋が狭くなってもつらすぎるので、泣く泣く諦めた。

こたつから離れて十数年、とにかくわたしをこたつに入れてくれ、と考える。この文章を読んでくださっている方には、こたつをお持ちの方、こたつをお持ちでない方、過去にこたつをお持ちだった方など、いろいろいらっしゃると思うのだが、こたつをお持ちでいながらそのありがたみを忘れかかっている方がいらっしゃるならば、脚全体を暖める、という機能において、こたつ以上の才能を持つ器具はない、と泣きながら訴えたい。いやべつに泣かなくてもいいのだが、わたしはときどき、夜中に仕事をするために起き出した時など、泣くほどこたつに入りたいぜということがある。

忘年会の席で、それとなくこたつの有無について問い合わせたら、わたしの友人たちは警戒していただきたい。おもたせなら持っていくし、失礼のないように振る舞うつもりだけれども、わたしがこたつに入って恍惚《こうこつ》としたまま、なにも話さず身じろぎもしない、ということがあるかもしれない、と先に申し上げておく。というか、掘りごたつ喫茶はないのだろうか。毎日でも、仕事を持って自転車で訪ねる。いや、よけいに仕事ができなくなるか……。

❖十二月二十日ごろの二十四節気＝大雪《たいせつ》　七十二候＝鱖魚群《さけのうおむらがる》（鮭《さけ》が群がって川を上る時期、の意）

季節のことば：大晦日

除夜の鐘の平等

一年でいちばん好きな日は、たぶん大晦日《おおみそか》だと思う。いや、十二月に関しては、年が経過するごとにいやになっていく。十一月は良くないことばかり起こるから大嫌いだし、その疲れをためこんだまま忙しい十二月は諦めの境地である。誰も怒らせませんように、そして家に帰って寝たい、それだけである。もはや、風邪もひくもんだろと思っている。ああそうさひいて悪いか。十二月じゃないか。

実は、お正月以後に関しても、ちょっとさめている。お正月自体はとても楽しいけれども、初詣《はつもうで》に行って帰ってきたら、なんだ新年かという感じがするし、二日はもうただの休みだ。三日なんか、明日から会社かともはやげんなりしている。会社を辞めたので、厳密にはそうではないのだが、カレンダー通りに仕事をしているので、あまりいい気分もしないだろう。お正月の夢の期限は元日で終わると厳しく言い切っても過言ではない。

しかし、大晦日だけは違うのだった。だって次の日は正月だ。仕事も納め、掃除が終わってからの、もうあとは正月を待つばかりだ、という時間が、考えているだけでニターとしてしまうぐらいわたしは好きだ。あの甘美な猶予《ゆうよ》よ。そしてそのモラトリアムが、除夜の鐘と共に静かに蒸発していくような、年が変わる瞬間があまりに楽しみなので、一時間ぐらい前になるとだんだん重荷になってきて、なんだかその時間にやらなくてもいいことを始めてしまったりする。服を繕《つくろ》ったりとか本棚を整理したりとか。そしておもむろに、来年に力を入れたいことについての本を読んだり、音楽を聴きだす。

どうしてそんなに大晦日なのか、の理由の一つに、年越しそばの異様なうまさが考えられる。年越しそばは、一年においてイベント的に食べるもの（その年最初のキムチ鍋とか、その年最初に野菜不足解消のために作った豚肉のハリハリ鍋とか、鍋ばっかりか）の中でも五本の指に入るおいしいものだと思う。ネギを散らしただけのかけそばでもおいしいし、油あげ、天かす、玉子をちゃんと入れてもいいし、とどめに鶏肉か牛肉を加えたものでもすばらしい。年越しそばがあまりにゆかしく、書いていて変な顔になってきた。年越しそばのおいしさの理由には、だいたい大晦日は忙しいから昼ごはんが適当であることが考えられる。その忙しさによる疲れで、更に普段よりそばがおいしく感じられるという、その年最後のマッチポンプ的現象が年越しそばなのだろう。

「待つ」ことの楽しさが、大晦日には凝縮されている。たかが新しい年になるだけだ。三十数年も生きると、べつに新しい年になって何かが劇的に変わるということがないのも知っている。それでも、待つことそのものを味わうのだ。そんな不思議な瞬間は、一年のうちでそうないだろう。たいていは、何かの結果を待っている。それに一喜一憂する。しかし、新年を迎えることに優劣はない。誰にも平等に、新しい年はやって来る。来たら来たでめんどうなことはわかっている。それでも、新年は朝日が昇る瞬間のように輝いていることを誰もが知っていて、大晦日にはそれを待つ。

年の境目の除夜の鐘は、「ごくろうさん」にも聞こえるし、「ほらもう寝なさい」とも聞こえる。優しいというのともまた違う、穏やかな伸びる音である。来年はいい年になりますように、と形だけで言いながら、いい年になるとは限らないことも、失ってしまったものは戻らないことも知っている。それでも、年が変わる直前には、あらゆる人が、穏やかに過ごせていることを願ってやまない。

ではまた来年。どうか良いお年を。

❖年末ごろの二十四節気＝冬至　七十二候＝乃東生《なつかれくさしょうず》（ウツボグサ〔夏枯草《かごそう》〕が芽を出す時期、の意）

あとがき

平凡社のスマホアプリに『くらしのこよみ』という歳時記をテーマにした秀逸なものがある。わたしはこれを愛用していて、平凡社の方が「歳時記の連載をしてください」という仕事を持ち込んでこられた時は、大変興奮した。『くらしのこよみ』いつも読んでます！という具合に。だからこの本は、『くらしのこよみ』にちなんで、『まぬけなこよみ』という。『くらしのこよみ』のまぬけ版である。まぬけな人が一年をぼんやり過ごしている、というコンセプトで、約三年の連載を編集担当さんに迷惑をかけながらやりおおせたわけなのだけど、読み返してみると、まぬけであるのと同じぐらい、昔のことを思い出しているな、という印象がある。生活のことをエッセイにする、というのは、わたしには思いのほか難しいことで、それは要するに季節も何もない無味乾燥な暮らしをしているからなのだけれども、そういう人が季節のエッセイを書くためには、必然的にこれまで生きてきた記憶を総動員しなければならなかったということなのだろうと思う。なので、これまで誰にも言わなかったような、これからも積極的に打ち明けるようなことはないだろうということが、本書にはたくさん書かれている。

わたしの人格形成については、九歳の時の親の離婚により大阪市内に引っ越してきたことにより、かなり大きな変化を迎えて、そのままずっと今までやってきているという様子であり、それで特に不自由はないのだけれども、この本では、それ以前のこともけっこう取り上げていて、「まだ父親がいた頃」という、自分の人生には無用に思える、もっとも心もとなかった時期の部分のことがいくつか記述されている。父親と一緒に住んでいた頃のことは、不安なことがとても多くて、居住地の近所の子供との関係もあまり良くなかったため、基本的には「思い出したくないこと」である。親が働かなくて生活していけるのだろうかという心配にしろ、家の近くの子がみんな意地悪だったという事情にしろ（学校の友達は優しかったけれど）、できれば通過せずに子供時代を過ごしたかった。けれども、大人になって歳時記のようなものを書くにあたって、その当時について覚えていることを掘り起こしながら、全体としては心もとないことが多かったものの、その細部の出来事の一つ一つについては、幸福なものだったのではないかと思えるようになった。わたしは自分で思っていたほど不幸な子供というわけでもなかったようである。

特に、父方の祖母について文章を書くのは、たぶんこれ一度きりになるのではないかと思う。二匹のおとなしいペルシャ猫を飼っていた彼女と会わなくなって、三十数年が経《た》つ。わたしにとって彼女は、長年いないも同然だった人で、亡くなってからも二十年以上が経過したのだが、『まぬけなこよみ』の連載で文章を書くにあたり、記憶の中にあった彼女の像が、現在大人になった自分から見て、とても興味深いものであったことは大きな発見だった。父親には今もうんざりしていて（「嫌い」ではなく「うんざり」）、その母親である祖母のことも忌避すべき対象だったのだが、父親と父親の母親という人もまったく別の独立した人間であることが当然のこととして理解できた今、うまくつながれることがなかった父方の祖母との縁を、とても残念に、けれどもゆかしく思う。

そんなに不幸でもなかった、と思い出すことは、自分にとっては大きな前進になったし、子供の頃の自分の生活に対して、それまでよりも公平な態度で接することができるようになったと思う。そういう機会をくださった平凡社さんと担当編集者さんに、改めて御礼を申し上げたく思います。ありがとうございます。特に担当編集者の岸本さんは、毎回毎回テーマの種となる季語を探しにお手間をかけ（毎回平均五つはテーマを頂戴していました）、作業の納期についてもよく心配をかけました。二週に一回というハイペースを、いつも忍耐強くこなしていただきありがとうございました。

そして、連載を見守ってくれた友人知人たちと、登場してくれたこれまでに関わった人々、本を手にとってくださったみなさんに、厚く御礼を申し上げます。どうもありがとうございます。今後ともどうぞよろしくお願い致します。

解説
暦《こよみ》という名の思い出

三宅香帆

季節の変わり目だあ、と感じた瞬間、ふわりと昔のことを思い出すことがある。「あ、高校時代もこんなふうに自転車のハンドルを握る手が『寒すぎて痛い』って思ったな」とか、「就職したての春もなんだかもんわりした空気で憂鬱だったな」とか、なんてことない実感が季節の変化によって急に記憶の底から引っ張り出されるのだ。たしかに毎年季節の変わり目はやってきて、そして同じように次の季節にうつってゆく。毎年の夏の記憶が積み重なり、また今年も夏がやってきたとき、重層的な記憶が自分の目の前に現れる。本書を読んでいると、なんだかその感覚が幾度も呼び起こされ、私は不思議な気分になった。一冊読んだだけなのに、一年分の季節の変わり目を体験したような心地になったのだ。そんな本書は、津村さん流の「歳時記」。一年分の季節にちなんだ、さまざまな思い出が綴《つづ》られている。

個人的な感想で恐縮だが、私は津村さんの小説を読むといつも自分のみみっちい思い出を頭の片隅で回想してしまう。どういうわけか小説を読む行為と記憶を回想する行為が同時並行でなされる。津村さんの小説は、人の記憶を刺激する何かがあるのだと思う。「ああっこういう人、部活の先輩にいたわ、でもめっちゃ苦手やったな」「でも私は結局一回もちゃんと反論できんかったな、それがいまだにむかつくな」など、もごもご記憶を反芻《はんすう》しつつ小説を読み進めてしまう。そしてその記憶は、なぜか、いつだってみみっちい。自分のけち臭い部分、人間としてよろしくない部分が詰まった記憶ばかりなのである。当然だがこれは津村さんの小説がみみっちいからではない（当然だ）。津村さんの小説はいつも面白くて、ユーモアと生活の細部のリアリティに溢《あふ》れている。が、読む自分はその素敵な小説から変な記憶ばかり呼び起こしてしまう。『君は永遠にそいつらより若い』を高校生のときにはじめて読んだとき、ものすごく後悔した小学校時代の友人関係を思い出したことを鮮明に覚えている。『ポトスライムの舟』を社会人になって読み返したときも、『この世にたやすい仕事はない』を会社をやめて読んだときも、私の頭の中は会社ですごく面倒な発言をしてしまって微妙な空気にさせたなあという記憶で充満していた。

たぶん津村さんの小説には、人間に昔から備わっているしんどさを掬《すく》いあげるものがあるのだ。しんどさの中身といえば、たとえば人間同士が集まれば恐怖にも似た人間関係の滞りがどうしたって生まれてしまうこと。あるいは年齢を重ねるにつれて憂鬱な午後が増えること。そして思い出すだけでもっと何か言えることがあっただろうとむかついてくるような人のこと。そういう、生きてるだけで増えるしんどさを、津村さんの小説はひとつひとつ物語にしてくれる。だからこそ、「ああの時の自分って、いったい……」と後悔する記憶も、そっと掬い上げられたような気になってしまうのだ。

　そしてその特性は、エッセイにおいても変わらない。小説家には二種類いて、小説とエッセイのテイストがまったくもって異なる人と、小説とエッセイのテイストがわりと似通っている人がいる。そして津村さんは後者だ。と、言い切ってしまうと、津村さんの小説にもいろいろなテイストの作品があり、一括《ひとくく》りにしてしまうのは乱暴な行為だと思う（そして津村ファンからも怒られそうだ）。それでも根本的な書く姿勢は、小説もエッセイも変わらない、と私は思う。小説もエッセイも、津村さんは日常の重たい憂鬱とちょっとした歓喜をひとつひとつ書くべきものとして掬い上げる。まるで小学生のころの宝物箱のように、日々あわただしく生きていると忘れそうになってしまう、夕暮れの匂いや、ボタンの可愛さ、貯金通帳を渡された日のことを描いている。

　そんな津村さんの、本書に収められた季節に伴う思い出のエッセイたち。それはやっぱり私たち読者のなんでもない記憶まで呼び起こす。たとえば「税務の妖精」の章ではアルバイトの収入の関係で、はやくから税金のことを考えていた友人の話が綴られる。この話を読んだ私は、津村さんの友人と同じように学生のうちから「１００万をこえないように」とアルバイトの時間を調整していた同級生をみて、自分は就職すらしたくないと思っているのにえらいなあ、と情けなくなった日のことを思い出してしまった。今もなお私は、税金という言葉には、腹立たしいやら情けないやら恥ずかしいやら、不思議なつらさを感じてしまう。たぶん自分が税金の仕組みを把握しきれていないのではという不安があるからなのだが。——と、こんな話を津村さんはエッセイでひとこともしていないのに、なぜか頭の中では回想が始まってしまうのだ。本書を読んで、私は「こういう、人の記憶を呼び覚ます言葉っていったいどうやってできるんだろう」と考え込んでしまった。

情けない記憶も、陰鬱な記憶も、すべて津村さんの言葉にかかれば、なんだかマシな記憶に見えてくる。子どもがひとつひとつの宝物を並べるのを眺めるように、私は津村さんの紡ぐ季節の記憶を読み通す。それはしんとした冬の静けさのなか、ひとりでラジオを聴いた深夜の記憶に似て、自分だけの幸福な読書であることを実感する。ラジオを通して語られている言葉が「みんな」に向けて語られていることは百も承知でも、それでも「私だけ」に向けて語られているような感覚になる。津村さんの語る言葉も同じで、これはいろんな人が共感するエッセイなのだとわかっていても、それでも感情は「ああその感覚私もわかるっ、というか私にしかわからないと思う」と深く重たい共感を覚えてしまう。

実際、本書の生まれる契機となった「暦」というものは、人間の共通の記憶をつくるために生み出された文化装置なのかもしれない。暦をとおして、津村さんと読者は同じ生活感覚を共有する。どんどん移り変わる季節のなかで、少しだけ摑《つか》まえておきたい、季節の変わり目のしっぽを一緒に思い出す。元旦になるとなぜか生活がリセットされた気がすること、会社でコンビニおでんを食べたこと、こたつが恋しくなること。暦という私たちの生活に根差した風習を通して津村さんが語るのは、ほかでもない、私たちの生活の肯定のことだと思う。なんでもない生活のなかで、それでも忘れたくない記憶を抱えることは、私たち庶民の抵抗にも近い贅沢なのかもしれない。

（みやけ　かほ／書評家）

まぬけなこよみ　朝日文庫

2023年1月30日　第1刷発行
2024年8月10日　第3刷発行

著　者　津村記久子《つむらきくこ》

発行者　宇都宮健太朗
発行所　朝日新聞出版
〒104-8011　東京都中央区築地5-3-2
電話　03-5541-8832(編集)
03-5540-7793(販売)
印刷製本　大日本印刷株式会社

ISBN978-4-02-265083-2